하루 ⏱ 10분

틈새
육아
법칙

하루 10분,
내 아이와의 놀이로
행복해졌다

하루 10분이면
기적의 놀이 육아면 충분하다

하루 🕐 10분

틈새 육아 법칙

하루 10분,
내 아이와의 놀이로
행복해졌다

윤정란 지음

 🅟 프로방스

"엄마와 아이가 행복한 세상을 꿈꾸며"

길을 걷다 보면 어린 자녀와 함께 걸어가는 부모들을 종종 보게 됩니다. 목적지를 향해 빠르게 걷다가도 부모와 아이가 함께 걸어가는 모습을 보면 저도 모르게 발걸음이 느려집니다. 아이와 함께 걷는 가족의 모습은 언제 보아도 참으로 행복해 보입니다. 아이의 재잘거리는 말소리, 엄마 아빠가 아이에게 대답해 주는 말속에서 부모와 자식의 정이 느껴지기 때문입니다.

하지만, 육아 당사자인 엄마에게 "육아가 어때?"라고 물어본다면, 행복하다고 자신 있게 대답할 수 있는 엄마들은 몇 명이나 될까요? 대부분 힘들다고 말할 것입니다.

아이들이 좋아 보육교사라는 직업을 선택했음에도 저 또한 육아는 너무 힘들었습니다.

제가 보육교사 3년 차 때의 일이었습니다.

7세 반 담임을 하던 당시에는 출근해서 퇴근까지 교실에서 20명의 아이들의 목소리를 온종일 듣고 있기가 쉽지만은 않았습니다. 조용한 곳에서 단 1분 만이라도 커피 한 잔 여유롭게 마시고 싶다는 생각이 간절했었지요. 아이들의 놀이 소리뿐만 아니라 불만 소리, 우는 소리, 이르는 소리 등등 아이들의 목소리에서 한 시도 귀를 뗄 수 없었습니다. 교실에서는 그야말로 잠시도 긴장의 끈을 놓을 수 없기에 제가 받은 스트레스가 상당했던 것 같아요. 그러던 중에 여름휴가를 1주일 보내며 집 근처를 산책하다가 동네의 한 어린이집 앞을 지나가게 되었습니다. 어린이집 창문 밖으로 흘러나오는 아이들의 재잘거리는 소리가 저에게 얼마나 달콤하게 들리던지요. 불과 며칠 전까지만 해도 교실에서는 일을 해결하기 바빠 아이들의 예쁜 소리를 듣지 못했던 제가한 걸음 떨어져 있으니 아이들의 즐거움이 들리는데, 참 많은 생각을 했던 순간이었습니다.

육아하면서도 그랬습니다.

임신했을 때는 행복하게 살 것이란 희망 그리고 내 아이를 잘 키울 수 있다는 자신감으로 가득했었습니다. 하지만, 아이를 낳고 처음부터 생각대로 되지 않아 육아에 대해 어려움을 많이 느꼈

습니다. 처음부터 어리바리, 좌충우돌의 육아를 시작하며 불안
감이 매우 컸지만, 그대로 있을 수만은 없었습니다. 행복을 찾고
싶었기 때문입니다. 저의 행복, 우리 가족의 행복을 찾고 싶었습
니다. 행복하게 살고 싶다는 마음이 간절해진 그때부터 육아 속
에서 저의 행복 찾기 프로젝트가 시작되었습니다. 그 덕분에 많
은 방법을 시도해보고, 시행착오도 겪으며 지금의 저와 우리 가
족의 모습을 만들게 되었습니다.

육아하는 모든 엄마의 마음이 저와 같지 않을까요?

다른 사람들의 육아 모습을 보면 아이를 쉽게 키우는 것 같고,
아이 키우는 일이 행복해 보이는데, 왜 내 육아는 모든 것이 힘
들게 느껴질까요? 제가 어린이집 교실 안에서 있을 때와 교실
밖에서 느꼈을 때와 비슷한 것 같습니다.

가장 큰 이유는 생각의 차이라고 생각합니다.

우리가 생각하는 엄마는 어떤 사람일까요?

엄마는 아이를 위해 모든 것을 희생할 준비가 되어 있고, 가정에
소홀하면 안 된다고 생각하는 사람들이 많을 것입니다. 과거부
터 내려온 엄마에 대한 사회적 이미지가 우리 내면에 잠재해 있
는 것이지요. 하지만, 반대로 생각을 해보았으면 좋겠습니다. 아

이가 생각하기에 좋은 엄마는 어떤 엄마일까요? 나를 위해 희생만 하는 엄마일까요 아니면, 집안을 반짝반짝 가꾸는 엄마일까요? 아마도 위의 두 경우 모두 아이가 원하는 엄마는 아닐 것입니다. 아이는 옆에 있어주는 엄마를 좋아합니다. 신체적으로든 심리적으로든 언제라도 엄마와 함께 있다는 느낌을 좋아합니다. 우리는 누구나 행복한 삶을 살기를 원하기 때문에, 행복이 인생의 목표라고 이야기하는 사람들도 많습니다.

아이도 행복할 권리가 있고, 엄마도 행복할 권리가 있습니다.

아이는 엄마의 마음을 그대로 읽는 능력이 있기에, 엄마가 육아를 힘들어 하면 아이도 힘들어하지만, 반대로 엄마가 무엇을 하든 행복해하면 아이도 행복해합니다.

행복해지기 위해서는 노력이 필요합니다. 사람에 따라 노력의 정도에는 차이가 있겠지만, 생각의 방향을 조금만 바꾸어도 행복은 빠르게 다가옵니다.

아이와 함께 행복해지고 싶었지만, 방법을 몰라 헤매던 제가 사회에서 말하는 엄마로서 꼭 해야 한다고 말하는 의무감을 조금 내려놓고, 상대방을 이해하려고 노력하며 아이의 입장에서 생각하는 습관을 만들다 보니 저만의 육아 방법이 생기면서 행복을 맞이하게 되었습니다.

어릴 때 모습이 아직도 제 눈엔 선한데, 어느덧 제 아이가 중학교 2학년이 되었네요. 매 시기 아이를 키우며 넘어야 할 산이 있기에 지금도 아이를 키우기가 쉽지만은 않지만, 최대한 아이의 의견을 존중하려고 합니다.

그동안의 육아를 돌이켜보니 아이가 없었다면 제가 이렇게까지 많은 생각을 하고 성장할 수 있었을까, 그리고 삶이 재미있고 행복하다고 느낄 수 있었을까에 대해 의문이 드네요.

갑자기 발생하여 1년을 넘게 가라앉지 않는 코로나19로 인해 전보다도 육아를 더 힘들어하시는 어머님을 뵐 때면 마음이 아픕니다. 육아전쟁이라고 이야기할 정도로 육아는 쉽지만은 않습니다. 특히, 코로나19가 유행하는 이 시기는 더 힘들지요. 하지만, 우리는 아이의 마음을 읽으려 노력하며 작은 시간을 들이면 얼마든지 행복을 만들어낼 수 있습니다. 아이와 함께 집 안에 있어야 하는 시간이 더 많아진 요즘, 하루 10분 놀이는 엄마와 아이의 정서적 유대감을 만드는 효과를 높일 수 있습니다. 하루 10분 놀이로 엄마도 아이도 행복한 육아를 만들어 가는데, 이 책이 조금이라도 도움이 되었으면 합니다.

모든 어머니께서 위기의 시대를 아이와의 기회의 시기로 만들었으면 좋겠습니다.

2021년 7월

저자 **윤정란**

Contents
차례

PART
01

나는 엄마 자격이
있는 걸까

01

코로나19, 아이와의 전쟁

코로나19!

갑자기 발병한 코로나19는 전 세계인, 그중에서도 우리 엄마들에게 예상치 못한 시련을 안겨주고 있다.

중세 시대 흑사병이나 조선시대 천연두가 돌아, 세계적으로 많은 사람들의 생명을 빼앗아갔다는 내용은 역사를 통해서만 배웠지, 우리가 살아가는 현대에서 이런 상황이 발생할 것이라고는 어느 누구도 짐작하지 못했다.

처음 코로나19가 발생한 작년 2020년 1월, 신종플루, 메르스 때처럼 몇 달 지나면, 아니 여름만 되면 괜찮아질 거로 생각했다. 하지만 여름이 지나고, 겨울도 지나고, 해가 바뀌어 2021년 현재, 오히려 코로나 변이 바이러스로 인해 상황이 더 악화되고 있다. 어린이집, 유치원, 학교 모두 등교를 제한하고 있어, 아이가 있는 엄마들은 보내도 걱정, 안 보내고 걱정인 상황이 1년 반 넘게 지속되고 있다.

지금까지 어린이집은 전염성 질환의 유행 시에도 부모들의 사회 활동을 최대한 지원하기 위해서 가정 보육을 권하거나 등원을 자제시키는 정도였다. 하지만, 10년이 넘게 근무하면서 보건복지부를 통해 어린이집 휴원을 강력하게 권고하는 공문을 받은 것은, 코로나19로 인해 사회적 거리 두기 단계가 실시되면서 처음 있는 일이었다. 그만큼 위험이 너무 크다는 것이다. 어린이집이 이 정도이면 유치원이나 학교는 말할 것도 없이 더 강력하다. 그러다 보니 육아는 온전히 부모의 몫으로 돌아가고 있다.

"나 요즘 너무 힘들어, 어린이집도 못 보내고, 밖에도 못 나가고, 집에서 아이하고만 있으니까 너무 답답해. 아이는 계속 놀아달라고 보채는데, 외식을 할 수 없으니 밥도 해야 하고, 요즘 삼시 세끼 밥해 먹기가 너무 힘들어서 이렇게 먹고살아야 하는 걸까 싶어. 점점 내가 우울해지는 게 느껴져."

"선생님, 요즘 바깥에 못 나가니까 집에 가면 아이가 많이 찡얼거리네요. 어떻게 해줘야 할지 모르겠어요. 아랫집이 예민하셔서 조금만 소리에도 민감하게 반응하시니, 아이 보고 가만히 있으라고 할 수도 없고 답답하네요."

"온종일 아이와 함께 있으니 잔소리만 늘어, 눈에 안 보이면 말이라도 안 하지. 친구를 만나 밖에라도 나가면 핸드폰이라도 덜

할 텐데, 집에만 있으니 온종일 핸드폰에, 컴퓨터에. 눈에 보이니 자꾸 잔소리만 하게 되고, 그러면 아이는 짜증을 내고, 나는 또 화가 나. 수업하는 것도 보면 줌은 틀어놓고 딴 거 하고 있는데, 정말이지 속이 탄다, 속이 타!"

아이가 어리면 어려서, 아이가 크면 커서, 각, 가정마다 코로나 속에서 아이와 전쟁을 치르고 있다.

코로나로 인해 또 하나의 안타까운 부분은 마스크이다.

성인도 마스크를 쓰고 있으면 숨쉬기 불편하고 시야가 가려서 불편한데, 아이들까지도 마스크를 써야 하는 상황이다. 작년에 코로나가 시작되면서부터 어린이집에서 아이들에게 마스크를 씌울 때, 아이들이 싫어하는 모습을 보면서 안타까웠다. 하지만, 어느 순간부터 2, 3세의 어린아이들이지만, 밖에 나가려면 마스크를 씌워달라고 손으로 입을 가리킨다. 심지어는 밥을 먹을 때 마스크를 잠시 벗고 먹자고 해도, 싫다고 하면서 음식을 먹여주면 마스크를 내리고, 음식을 먹은 후 다시 마스크를 쓰는 아이들을 보면 마음이 짠하다.

아이들의 마스크 착용도 안타깝지만, 교사도 마스크를 착용해야 하기에 아이들에게 얼굴 표정을 보여 줄 수 없는 현실 또한 안타깝다. 유난히도 작년과 올해는 아이들의 적응 기간이 다른 해에 비해 길었다. 교사의 표정을 보고 품에 안겨 안정을 느껴야 하는 시기에 마스크가 모든 것을 다 가리고 있으니, 아이들도 적응하는 데 시간이 오래 걸리는 건 당연하다. 그리고 말을 배워야 할 시기의 아이들이 교사의 입 모양을 볼 수 없으니, 말 배우는 시기 또한 늦어지고 있다. 주 양육자와 안정 애착을 형성하며 사회성의 기초를 만들어가야 하는 영아기 시기에 마스크가 방해물이 되는 것 같지만, 코로나로부터 지켜 줄 가장 안전한 방법 또한 마스크이기에 안타까움이 더 커지기만 한다.

언제 끝이 날지 알 수 없는 코로나. 끝이라기보다도 상황이 더 심각해지지 않기만을 바라는 마음은 현재 우리 모두의 마음이 아닐까?

코로나는 전 세계 인구 어느 누구를 제외할 것 없이 모두에게 크고 작은 스트레스를 안겨주고 있다.「포스트 코로나, 아이들 마음부터 챙깁니다」책에서 저자는 코로나 상황에서 사람들이 받는 부정적 감정, 분노, 짜증은 내 주변의 약한 사람들에게 흐른다고 한다. 마음의 여유가 사라지다 보니 주변을 돌볼 힘이 부족해지면서, 만만해 보이는 나보다 약한 사람들에게 안 좋은 감정이 전이된다는 것이다. 엄마에게 약한 존재라면 누구일까? 내 아이가 아닐까? 따라서 엄마가 받는 스트레스는, 내 아이에게 바로 전달될 수 있기 때문에 스트레스 해소 방법을 찾는 것은 엄마로서, 부모로서 꼭 해야 하는 일이 아닐까 하는 생각이 든다.

하루 10분 놀이, 아이가 드디어 웃기 시작하다

앞에서 엄마의 스트레스 해소 방법에 대해서 이야기했었다. 스트레스 해소라고 거창하게 이야기하기보다는, 상황을 긍정적으로 바라보는 시각을 갖는 것은 어떨까 하는 생각이 든다. 거창하지 않아도 작은 일에서 행복을 자주 느낄 수 있는 것들을 찾다 보면, 자연적으로 스트레스 지수도 낮아지기 때문이다.

노인주간 보호 센터를 운영하는 지인과 만나 이야기하던 중, 코로나로 마스크를 쓰고 있어서 사람들의 감정을 알 수 없다는 이야기하면서, 아이들의 안타까움에 대해서도 이야기를 나누었었다. 이야기를 듣던 지인이

"삶의 즐거움이 많지 않은 어르신들도, 사람들의 표정이 가려져 있으니 요즘 더 우울해하시는 것 같아. 그래서 우리 센터는 사회

복지사, 요양보호사 선생님들이 눈으로 웃는 노력을 많이 하고 있어."라고 말씀하셨다.

눈으로 웃는다!

예전에는 우리가 "눈웃음"이라 표현을 했던 것이, 지금의 코로나 시대에 빛을 발해야 하는 것이었다. 그 후로 나도 어린이집에서 아이들에게 눈으로 많이 웃어주려고 노력했다. 눈으로 웃는 것뿐만 아니라 눈으로 다양한 감정을 표현하고 있다. 눈을 크게 뜨며 익살스러운 표정을 눈으로 지어보려고 하고, 눈을 감아보기도 하고, 한쪽 눈만 뜨고 윙크도 해본다. 입 모양을 보여줄 수 없으니 말과 더불어 손의 역할도 많이 커졌다. 외국인이 말을 하면서 손으로 다양한 제스처를 취하는 것처럼 말하는 것을 손으로 표현하려고 노력하고 있다.

얼마 전 텔레비전의 한 프로그램에서 「코로나 시대의 육아법」이란 주제로 오은영 박사는 코로나 시대 최대 피해자는 아이들이라고 하면서 사람을 피하는 것부터 먼저 배우고, 사람의 표정이 마스크에 가려있기 때문에 아이들의 사회성과 정서발달이 염려된다고 하셨다. 그러면서 마스크를 쓰지 않아도 되는 가정의 중요성에 대해서는, 아이와 이야기할 때 눈을 자주 바라봐 주고, 감정을 분명하고 다양하게 표현해 줘야 한다고 하면서, 집안에서 부모와의 유대감이 조금 더 건강한 쪽으로 많이 일어나도록 해야 한다고 조언하셨다. 가정에서의 육아법이 강조되는 부분이었다.

앞으로는 '바이러스와의 전쟁'이라고 하는 이야기가 종종 들린다. 코로나만으로도 이렇게 힘든데, 또 다른 바이러스가 출현한다면, 상상하기도 싫지만, 우리는 위기에 대처하는 능력도 키워야 한다. 이런 상황 속에서는 가정에서의 역할이 중요해질 수밖에 없다. 온종일 아이와 함께 하는 것이 쉽지는 않지만, 내 아이가 잘 성장하도록 엄마로서 할 수 있는 방법이 있다면 해야 하지 않을까? 하지만, 너무 겁먹지는 말자. 아주 작은 시간이라 할 수 있는 10분을 시작으로 아이와의 행복한 시간을 만들어보자.

외부 활동이 예전보다 많이 줄어들어 아이들이 실내에서 많이 힘들어하는 모습을 보인다. 어느 정도 햇빛을 보면서 자연을 접해야 아이들이 정서, 사회, 인지, 언어, 신체 발달이 골고루 이루어지는데, 그러지 못한 현실이 매우 안타까울 뿐이다. 나 또한 어린이집에서 어떤 놀이를 하면 아이들이 실내지만 조금 더 즐거움을 느낄 수 있을까 고민을 하다가 실내에서 할 수 있는 아이들이 좋아하는 놀이를 몇 가지 찾았다.

첫 번째는 파라슈트 놀이이다.

파라슈트는 다양한 색깔의 천을 엮어서 크게 만든 천이다. 이것을 함께 잡고 흔들어 보고, 파라슈트 안에 아이가 들어가면 성인이 파라슈트를 아이 위로 덮었다가 위로 들어 올려주면 아이들은 다양한 색깔을 보고 까르르 웃는다. 색깔뿐만 아니라 천이 움직이며 나오는 바람으로 아이들이 더 좋아한다. 파라슈트로 얼굴을 가리며 까꿍 놀이도 할 수 있고, 파라슈트 위에 올라가 앉으면 천을 흔들며 바람을 만들어만 줘도 아이들은 좋아한다. 또는 썰매처럼 끌어주면 아이들이 정말 좋아한다. 집에서는 여러 가지 색깔의 보자기를 연결해서 사용해도 된다.

두 번째는 점토 놀이이다.

영아들에게는 음색의 재료인 밀가루 반죽으로 놀이하는 것이 가장 좋지만, 밀가루 반죽을 매번 만들기 어려우니 시중에서 구매할 수 있는 다양한 점토를 활용하는 것도 좋다. 점토를 조물조물 만지면서 아이들은 부드러운 촉감을 느끼고 더불어 긴장감과 스트레스도 해소할 수 있다. 점토를 뜯어보고, 붙여보고, 동글동글 말아보면서 다양한 모양을 만들 수 있다. 이렇게 만든 것을 소꿉놀이의 음식으로 활용해도 좋고, 장난감 자동차에 실어서 운반하는 놀이로 확장하는 것도 아이들이 좋아한다.

세 번째는 물감 놀이이다.

물감의 다양한 색깔을 보면서 눈으로 한 번 만족하고, 붓이나 손을 통해 그림을 그리면서 촉감으로도 한 번 더 만족한다. 스케치북을 이용하는 것도 좋지만, 바닥에 전지를 여러 장 펼쳐주면 아이가 공간의 제약 없이 넓은 공간에 자유롭게 그림을 그릴 수 있어 더 좋아한다.

놀이 후 청소가 걱정이라면 전지를 펼치기 전 바닥에 아세테이트 지나 김장 비닐을 먼저 깔고, 그 위에 전지를 놓으면 청소도 한결 편해진다.

전지뿐만 아니라 화장실 타일 벽도 이용할 수 있다. 욕조 안에서 아이들이 자유롭게 물감 놀이를 한 뒤 물을 뿌리면 쉽게 정리할 수 있고, 아이도 씻길 수 있어 일석이조의 효과를 볼 수 있다.

위의 놀이는 10분을 시작으로 30분, 1시간까지 놀이가 연장될 수 있는 놀이다.

노력의 결과였을까?

며칠 전, 외국인인 학부모님께서 아이가 아침에 어린이집 근처에 오면, 표정이 밝아진다고 이야기해 주시면서 아버님의 얼굴에도 미소가 번지는 모습을 볼 수 있었다. 코로나로 서로가 힘든 상황이고, 서로의 표정을 읽기 힘들지만, 마음은 통할 수 있구나 라는 생각에, 나 또한 기분이 좋아지는 하루였다.

사람과의 접촉을 줄여야 하고, 활동의 자유로움이 많이 제약되는 상황에서 아이와의 건강한 삶을 위해 하루 잠깐, 10분 놀이가 더욱 중요시되는 시기가 되었다.

03

코로나19 시대, 집에서 할 수 있는 간단한 놀이

외출을 자제해야 하는 코로나 시기에 집에서 아이와 어떤 놀이를 할 수 있을까?

간단하게 할 수 있는 놀이 몇 가지를 제안해보려고 한다.

앞에서 이야기한 3가지 외에도 아이와 함께 집 안에서 다양한 놀이를 시도해 볼 수 있다.

1. 신문지 찢기 놀이

요즘에는 신문을 보는 집이 많지 않아, 신문이 없는 집도 있을 것이다. 신문이 없을 때는 휴지를 이용해도 좋고, 보지 않는 잡지를 활용해도 좋다.

신문을 보면서 아이가 좋아할 만한 사진이나 그림을 찾아본다. 사진에 대해서 아이와 이야기를 하다가 아이의 집중도가 낮아지면, 엄마가 먼저 신문지를 찢으면서 아이도 신문지를 찢어보도록 한다. 신문지 찢기 놀이 중에, 가운데 구멍을 내서 아이에게 신문지 조끼를 만들어 씌워 주면 아이가 재미있어한다. 신문지로 모자를 만들어 역할 놀이를 할 수도 있다.

신문지를 찢고 뿌리며 놀이를 하다가 찢어진 신문지를 뭉쳐서 공을 만든다. 바구니나 상자에 공 담기 놀이로 확장할 수 있고, 신문지를 뭉쳐 공을 만들며 자연스럽게 정리를 할 수도 있다.

어린이집에서 신문지 놀이할 때의 한 사례이다. 2세인 우리 반 아이가 신문에 있는 소방차를 보면서 "불! 불!"이라고 큰소리로 외쳤다. "맞아, 불이 났을 때 소방차가 와서 불을 꺼주지? 불을 꺼주는 소방차네."라고 아이와 대화했었던 기억이 있다. 그 후로 아이는 소방차에 대해 자주 이야기해서 소방차에 관한 그림을 찾아서 보기도 하고, 소방차 놀이도 종종 하게 되었다. 매달 진행하는 소방대피 훈련을 할 때면 이때의 기억을 떠올리며, 아이와 추억을 되살려, 신나게 이야기하는 시간이 자연스럽게 만들어졌다.

2. 풍선놀이

너무 어린 영아라면 풍선을 무서워할 수 있지만, 아이가 풍선을 무서워하지 않는다면 풍선으로 다양한 놀이를 할 수 있다. 엄마가 풍선을 불고, 손을 놓으면 풍선은 소리와 함께 자유롭게 움직이며 바람이 빠진다. 이 과정을 보며 아이는 까르르 웃는다. 반복해서 풍선을 불고 놓으며 풍선의 움직

신문지 놀이

임을 재미있게 보다가 풍선을 불고 묶어 기본적인 풍선 던지고 받기 놀이를 할 수도 있다. 책받침을 활용해서 풍선 떨어뜨리지 않고 치기 놀이를 할 수 있다. 풍선에 얼굴 그림을 그리기도 하고, 아이가 좋아하는 스티커를 붙여볼 수도 있다.

유아기 아이라면 풍선 입구에 빨대를 붙이고, 종이컵을 로켓으로 꾸민 후, 종이컵 바닥에 구멍을 뚫어 빨대를 넣어주면, 빨대로 바람을 분 후에 놓으면 재미있는 로켓 놀이도 할 수 있다.

풍선 놀이

3. 재활용 만들기 놀이

아이가 간식을 먹은 후에 나온 요플레 통이나, 플라스틱 숟가락,
빨대, 플라스틱 물병, 병뚜껑, 엄마의 화장품 상자들을 버리지
말고 깨끗하게 정리하여 상자 하나에 모아두자. 엄마가 보기에
는 재활용품이고 쓰레기로 보이지만, 아이들에게는 창의력을 표
현할 수 있는 놀잇감이 된다.

이때는 만들기에 활용할 수 있는 목공풀, 투명테이프, 양면테이
프, 가위 등도 함께 준비해둔다.

아이가 어릴 때는 안전을 위해 엄마와 함께 만드는 것이 좋지만,
5세 정도부터는 아이가 스스로 만들어 보도록 하고, 도움이 필

요할 때만 도와주도록 하자.

모아 둔 재활용을 이용해서 아이가 만들고 싶어 하는 다양한 모양들을 만들 수 있도록 격려를 해주자.

어린이집이나 유치원의 미술 영역에는 항상 재활용을 모아둔 공간이 있다. 이곳은 아이들에게 창의력을 표현할 수 있는 공간이 된다.

내 아이도 재활용품을 이용해 만들기 하기를 좋아해서 집 안에는 재활용품들을 모아놓은 상자가 항상 있었다. 틈날 때마다 재활용품 상자를 옆에 두고 자동차, 크레인, 로켓 등 다양한 것들을 만들었다. 만든 후에는 그것을 가지고 놀이도 하며 재미있어했었다.

재활용품 만들기를 하고 나면 집 안의 한쪽에 일주일 정도는 전시해두도록 하자. 아이가 자신이 만든 것을 보며 뿌듯해하고, 자신감도 높아지는 계기가 될 수 있다.

4. 거품 놀이

거품 놀이를 할 수 있는 재료는 2가지가 있다.

친환경 세제라고 알려진 베이킹소다와 구연산을 이용한 방법과 주방 세제와 물감을 이용한 방법이 있다.

베이킹소다와 구연산을 활용한 방법부터 알아보자.

도화지 위에 여러 가지 색깔의 파스텔로 엷게 색칠을 한다. 그 위에 베이킹소다와 구연산을 뿌리고 잘 섞어준다. 스포이트를 활용해서 곳곳에 한 방울씩 물방울을 떨어뜨려 주면, 색깔 거품이 보글보글 올라와 아이들이 재미있어한다.

종이컵에 베이킹소다와 구연산을 넣고 물을 부으면 화산 폭발 놀이도 할 수 있다.

다음으로 주방 세제와 물감을 활용해보자.

종이컵에 물감을 떨어뜨리고 주방 세제와 물을 넣어 섞어준다. 빨대로 보글보글 불어보자. 거품이 올라오도록 계속 분다. 도화지 위에 종이컵을 놓고 불어서 거품이 도화지 위로 흘러내리게 해도 좋고, 종이컵 위로 거품이 올라오면 도화지를 덮어 거품을 찍어내도 좋다. 도화지에 묻은 거품이 사라지도록 기다린다. 거품 그림을 머리 모양으로 활용하여 사람 얼굴을 그릴 수도 있고, 구름으로 활용하여 풍경을 그리며 그림 그리기 놀이를 할 수 있다.

어린 영아는 먹지 않도록 엄마가 옆에서 함께 하며 놀이를 진행하는 것이 좋다.

5. 매니큐어 색칠 놀이

화장대 위 진열대를 보면 오래돼서 사용하지 않거나 색깔이 마음에 들지 않지만, 버리기는 아까운 매니큐어가 있을 것이다. 화장대에 자리 차지하도록 고이 모셔두지 말고, 아이와의 놀잇감으로 활용을 해보자. 매니큐어를 물감으로 사용하는 것이다. 매니큐어는 종이보다는 투명한 플라스틱을 이용하면 아이의 멋진 작품을 만들 수 있다.

투명 플라스틱 CD 케이스, 음식을 배달시키면 음식이 담겨 온 투명 플라스틱 그릇 뚜껑 등을 활용해 보자. 투명 플라스틱에 네임 펜으로 그림을 그린다. 플라스틱을 뒤집어서 뒷면에 매니큐어로 그림을 색칠해 준다. 색칠을 다 한 뒤에 플라스틱판을 뒤집어 앞면이 나오도록 하면 멋진 아이의 그림 작품이 완성된다. 평소와는 다른 재료 특히, 엄마의 화장품을 이용한 것이라 아이의 관심도가 높아진다.

매니큐어뿐만 아니라 사용하지 않는 아이섀도, 립스틱 등도 아이에게는 새로운 색칠 도구가 될 수 있다. 종이 위에 그림을 그리고 엄마의 사용하지 않는 화장품으로 색칠을 하면 아이는 재미있어한다.

이 외에도 집에서 할 수 있는 놀이는 책 뒷부분 부록에 조금 더 추가해 두었다. 아이와 함께 부록에서 제시하는 놀이를 해보아도 좋고, 나만의 엄마표 놀이를 만들어 보는 것도 좋을 것이다. 집에 있는 재료들을 활용해서 간단하지만 재미있는 엄마표 놀이를 얼마든지 만들어 낼 수 있다. 코로나 시대에 외출하지 못해 답답하지만, 엄마표 놀이로 잠깐이라도 아이와의 즐거운 시간을 만들어 가기를 바란다.

파라슈트 놀이

이불 썰매 놀이

낯설기만 한 나의 모습

앞에서 아이와의 놀이에 대해서 이야기하며 코로나 시대를 현명하게 극복해야 한다고 이야기를 했지만, 나 또한 육아가 처음부터 쉽지는 않았다.

아이를 출산하고 난생처음 아이를 키우면서 오는 혼란과 두려움. 청소년기도 아닌 엄마가 된 내가, 아직도 '나는 누구인가?'를 찾으며 헤매는 방황들로 나는 제2의 사춘기를 겪고 있었다. 아이를 낳으면 모든 것이 행복해질 것만 같았는데, 나의 모든 것을 혼돈의 시기로 몰고 갈 것이라고는 출산 당시에는 상상도 할 수 없었다. 나는 나에게 온 소중한 아가에 대해 감사함도 느끼기 전에, 나에 대한 고민에 사로잡혀 주변을 둘러보지 못하고, 나의 힘듦 속에만 갇힌 하루하루를 살고 있었다.

"아이를 낳으면 내 이름은 없어지더라. 나는 ○○이 엄마라고 불리더라고."

어렸을 때 들었던 어른들의 이 말이 나에게는 너무 충격적이었던 것 같다. 아이를 낳고 내 이름 없이 '○○이 엄마' 라고 불리는 것이 너무 싫었다. 나는 내 이름을 살리고 싶었다. 그래서였을까? 그 당시의 나는 아이보다도, 내 가족보다도, 나 그리고 내 일이 먼저였다. 일에서 뒤처지는 것이 싫어서, 일을 못한다는 이야기 듣는 것이 싫어서, 퇴근 시간 이후에도 남아서 일을 하거나 집에까지 일을 가지고 와서 밤에도 계속 컴퓨터에 앉아 일했었다.

또, 내 주변에는 아이가 있는 친구들이 없었기에 혹시라도 친구들 무리에서 이탈될까 봐, 친구들이 나의 존재를 잊을까 봐, 친구들이 모인다고 하면 어떻게든지 아이는 여기저기에 맡기고 모임에 다녀오곤 했다. 그리고 집에 돌아오면 아이와 함께해주지 못한 미안함과 나는 좋은 부모가 아니라는 죄책감에 자존감은 더 낮아지는 악순환이 반복되고 있었다.

아이를 잘 키우지 못하는 못난 엄마에, 가정에도 헌신적이지 못한 나는 힘들다는 것을 친구들에게 보이기 싫었다. 자존심에 상처를 내고 싶지 않아 삶의 고민을 누구에게 물어볼 곳도 없이 방황하고 있었다. 사람들에게 힘든 모습을 보이기는 싫었지만, 아이러니하게도 그 상황들을 벗어나고자 사람들을 만나러 밖으로만 나가려고 했다.

맞벌이로 남편과 둘이서는 아이를 케어하기 어려운 상황과 이런 저런 이유로 시댁에 들어가 시부모님과 함께 살게 되었다.

여러 가지로 심리적인 방황을 하는 시기에 시댁에서 살게 된 나는 겉으로는 아닌 척 나를 누르다 보니, 어느새 내 마음을 어떻게 해야 할지 모르는 상황까지 가게 되었고, 항상 둥둥 떠다니는 것 같은 안정되지 못한 방황의 나날들을 보냈다.

 하지만, 나의 이런 행동을, 이 상황을 누가 곱게 보아주겠는가! 남편은 나에 대한 불만이 생기기 시작했고, 나는 나대로 나를 이해해 주지 못하는 남편에게 불만이 생기면서 우리 부부는 대화를 점점 잃어갔다. 서로에 대한 사랑도, 믿음도 사라져버린 채, 같은 공간에서 살기만 하는 남남 같은 아니, 남보다도 더 못한 관계를 유지하고 있었다.

내가 생각했던 행복한 결혼 생활과 육아와는 정반대로 나의 현실은 뒤죽박죽으로 그렇게 흘러가고 있었다.

"이혼이 별거 아니구나. 이러다가 나도 이혼을 할 수 있겠네. 내가 얼마나 더 버틸 수 있을까?"

라는 생각들과 앞이 보이지 않는 미래에 대한 불안감이 가득한 채, 육아 초창기의 나는 몸도 마음도 지친 나만 생각하는 불량 엄마가 되어가고 있었다.

게다가, 어린이집에서 스트레스를 받아 내 몸이 너무 힘든 날이면 나도 모르게 아이에게 짜증을 내고 있었다.

어느 날, 신랑이 나에게

"힘들었던 일이 있다고 왜 애한테 짜증을 내고 그래."

라는 말에

"내가 애한테 짜증을 내고 있었다고? 나 티 안 내려고 지금 참고 있는 건데."

라고 생각하며 아이를 본 순간, 아뿔싸 싶었다. 아이가 내 눈치를 보고 있는 것이 아닌가.

그 순간 내 머릿속에는 오만가지 생각들이 스쳐 지나갔다.

"지금 이 모습이 나라고?"

"내가 아이한테 무슨 일을 하는 거지?"

"어린이집에서는 아이들에게 다정한 선생님인데, 내 아이에게는 어떤 엄마인 거지?"

"엄마를 잘 못 만나 얘가 잘못 크면 어떻게 하지?"

이런 생각들이 들기 시작하면서, 아는 것이 병이라고 아이의 행동 하나하나에 나를 결부시켰다. 아이의 소심한 행동과 고집스러운 행동을 보고는 내가 잘 못 키워서 그런 거라고 모든 원인을 나에게 돌리고 있었다.

어려서부터 나는 다른 사람에 대한 이해의 폭이 넓다고 생각하고 있었고, 다정하고 따뜻한 사람이라고 생각하고 있었다. 그런데 나는 나에게 가장 가까운 남편과 아이에게는 전혀 다른 모습으로 비치고 있었다.

나도 모르는 내 모습. 이 모습들을 내가 어떻게 받아들여야 할까?

"결혼해서 정말 행복하게 살고 싶었는데, 왜 점점 행복과는 거리가 멀어지는 삶을 사는 것일까?"

"나 정말 어떻게 해야 할지 모르겠어. 어디서부터 풀어야 하는 걸까?"

처음 하는 육아. 그 속에서 나도 모르고 있던 내 모습의 발견에서 오는 당혹스러움 그리고 나에 대한 불신, 낮아진 자존감이 나를 둘러싸고 있었다.

그때까지도 해결책을 찾지 못하고 고민하고 방황하는 날들을 보내고 있었다.

잠든 아이를 보며 눈물을 쏟던 날

어린이집에서 근무하고 있는데, 시어머니께
전화가 왔다.

"태훈 어미야. 태훈이가 열이 난다. 애가 열이 나서 힘이 드는지
자꾸 축 처져있어. 오늘은 일찍 퇴근하고 집으로 와라."

"어머니, 오늘 어린이집 회식이 있는 날이라서요, 최대한 빨리
회식 마치고 들어갈게요."

평소 일에 방해될까 봐 전화를 거의 안 하시는 어머니가 나에게
전화를 했을 때는 아이가 정말 많이 아픈 것인데, 나는 오늘도
일이 먼저였다. 아이가 아파서 일찍 가야 한다고 말하지도 못하
고, 몸은 회식 자리에 마음은 집으로 그렇게 몸과 마음이 따로
있으면서 회식 자리에서 잘 있지도 못하고, 집에 일찍 가서 아이
옆에 있어 주지도 못하는, 이도 저도 아닌 상황의 시간을 보내고

있었다.

회식을 마치고 집으로 오자 어머니께서도 아픈 손자를 보며 많이 속상하셨는지,

"일도 일이지만, 내 가정이 먼저 있고 일도 있는 거다. 아이가 아플 때는 아이를 돌봐야지."

라고 말씀을 하셨다.

아픈 손자 모습이 안타까웠던 어머니의 마음을 잘 알았지만, 다른 것도 아니고 회식이었기에 어머니의 그 말씀에 수긍이 가면서도, 마음 한편에서 서운함이 밀려왔다. 아마도 내 마음속, 혼란의 정곡을 찌르는 어머니 말씀에, 내가 더 민감하게 반응하였는지도 모르겠다.

어머니의 말씀을 뒤로하고 방에 들어와 아이 옆에 앉아 열이 나서 힘없이 축 늘어져 자는 아이 모습을 보는데, 얼마나 미안하던지, 눈에서 흐르는 눈물을 멈출 수가 없었다.

"나는 열심히 산다고 살고 있는데, 왜 인생이 하나도 안 행복하고 힘들기만 한 걸까? 어디서부터 잘못된 거지?"

여러 가지 생각이 들면서, 경제적으로 맞벌이를 해야 하는 상황, 그리고 커리어를 쌓고 싶다는 나의 욕심을 마주하며 갑자기 나도 싫고 이런 상황도 싫었다. 벗어나고 싶었다. 하지만, 해결책을 찾기보다는 상황을 부정적으로 보기만 하니 나의 실타래는 점점 꼬여가고 있었다.

한 번의 고비가 넘어가고, 어떤 해결책도 못 찾고, 다시 일상으로 돌아와 여느 때처럼 지내던 어느 날, 아이가 텔레비전을 보다가

"엄마, 엄마한테서 선생님 냄새가 나."

라고 말하는 것이 아닌가.

"무슨 냄새가 날까? 선생님하고 엄마하고 화장품 냄새가 같아?"

"화장품 냄새 아니야. 선생님하고 같은 냄새가 나."

"그래? 선생님하고 같은 냄새가 난다니 신기하네."

말은 이렇게 하고 그 상황을 넘겼지만, 내 마음은 다시 복잡해지기 시작했다.

"난 향수 사용도 안 하고, 화장품도 거의 무향인 것을 쓰는데, 냄새가 같다는 말이 무슨 말일까?"

"내가 집에서도 아이에게 너무 선생님처럼 행동했나? 엄마가 아니라 선생님처럼 느껴졌을까?"

그날, 아니 그날 이후로 아이가 했던 ??엄마한테 선생님 냄새가 난다"는 말은 내 머릿속을 떠나지 않고 계속 맴돌았다.

그날도 잠든 아이를 보면서, 내 머릿속은 쉬지 않고 복잡하게 움직였다.

아이가 한 말의 의미를 찾다가 내가 내린 결론은 이랬다.

아이가 보는 남자 어른은 아빠와 할아버지가 다였다. 아빠와 할아버지는 잘 놀아주고, 다정하고 이해해 주는 사람이었다. 나이

든 여자 어른은 아이 주변에 할머니뿐이었다. 친할머니, 외할머니 두 분 모두 아이에게는 헌신과 사랑이 넘쳐났다. 그러면, 아이가 보는 성인 여자는, 엄마인 나와 어린이집에서 보는 선생님이었다. 선생님이 아무리 따뜻하게 해 주신다고 해도 많은 아이를 통솔해야 하기에, 매번 자상하게 대할 수만은 없을 것이다. 안 되는 것에 대해서는 확실하고 단호하게 안 된다고 말씀해 주실 것이고, 잘한 것은 잘했다고 칭찬해 주실 것이다. 집에서 엄마인 나는, 나도 선생님과 똑같았다. 안 되는 것은 안 된다고 단호했고, 나도 모르게 아이에게 "안 돼"라는 말을 많이 하고 있었다. 아이에게 엄마인 나는 선생님과 비슷하게 느껴졌는지도 모르겠다. 와서 안기고 매달리기보다는 긴장을 하고 마주해야 하는 존재.

그동안은 나의 보육관과 육아관이 옳다고 생각했었는데, 순간 혼란이 오기 시작했다.

엄마와 교사는 다른 것인데, 내 아이에게 엄마로서 따뜻하게 다가가기보다는, 오히려 교사의 모습으로 다가간 것은 아니었을까? 엄마로서 따뜻하게 아이를 돌본 것 같은데, 아이가 느끼기에는 엄마보다 선생님의 모습이 강하게 보인 것일까?

차라리 아무것도 모르는 것이 나았을 텐데 아는 것이 병이라고, 처음으로 보육교사라는 직업을 가진 것이 후회되는 날이었다.

"앞으로 나는 어떻게 해야 할까? 내 아이에게 엄마로서 어떻게 다가가야 할까?"

새근새근 잠든 아이의 얼굴을 보는 순간, 아이에게 미안함이 커졌다. 지금 내가 무엇을 하고 있는 것인가? 나에게 중요한 것이 무엇인가? 스스로 너무 많은 질문을 쏟아내고 있었다.

06

나만 빼고 모두 행복해 보였다

해결책을 찾지도 못하고 "내가 아이를 잘 키울 수 있을까?"라는 고민과 방황 속에서 불안하고, 힘든 날의 연속이었다.

어려서부터 아이를 낳으면 아이를 데리고 여행을 많이 다니고 싶었던 나는 외출을 하거나 다른 지역의 공기를 좀 쐬고 오면 마음이 나아질까 싶어 시도해보았다. 하지만, 아이와의 여행 그리고 외출, 심지어 대형마트만 다녀와도 감기에 걸려 병원에 다녀와야 하는 아이를 보면서 내 꿈도 접었다.

결혼 전에는 하루도 집에 있지 않고 친구들을 만나러 다니기 바빴던 내가 이제는, 아이를 보며 출근 이외에는 집 밖으로 나가지 못하고 아이와 집에서 지냈다. 내 마음대로 뭔가 할 수 없다는 스스로의 짓눌림 때문인지 내 마음은 널뛰기처럼 오르락내리락

하기를 하루에도 수십 번씩 반복했다.

예전에 싸이월드가 유행했듯이, 이때 당시에는 페이스북을 시작으로 카카오스토리가 엄청 붐을 일으키고 있었다.

한 번은 친구를 만났던 어느 날,

"페이스북 있어? 알려 줘봐."

"나 그런 거 안 하는데."

"요즘 안 하는 사람이 어디 있어? 지금 여기서 만들자."

"나 어떻게 만드는지 몰라."

컴맹이고 디지털을 두려워하는 나를 대신해 그 자리에서 친구가 계정을 만들어주었다. 그 후로 나는 페이스북뿐만 아니라 카카오 스토리 등 SNS 계정을 열고 열심히 친구 맺기를 하였다. 신세계에 빠진 나는 매일 사람들의 SNS를 체크하는 것이 나의 일상이 되었다.

처음에는,

"어머, 얘는 이런 것도 할 줄 아네."

"우와, 이런 곳에 여행도 다녀왔구나, 좋았겠다."

"어머, 집 꾸며 놓은 것 좀 봐. 텔레비전에 나오는 집 같아."

"맛있는 음식 먹으러 많이 다니는구나, 좋겠다."

이러면서 재미있게 보던 순간들이, 어느새 나를 비교 대상으로 놓고 있었다.

SNS를 열심히 보고 나면 나의 현실을 마주하게 되었고, 아이 없이 자유로워 보이는 친구들에 대한 부러움, 시부모님과 함께 살며 내 마음대로 집을 꾸밀 수 없는 상황, 아이를 데리고 마음껏 여행을 다닐 수도, 나를 위한 시간을 따로낼 수 없고, 근사한 맛집 탐방은 먼 나라 이야기인 내 상황들을 보면서 나는 점점 사진 속 친구들의 모습과 현실의 내 모습을 비교하고 있었다. 티를 내지 말자고, 나도 열심히 잘살고 있다고는 했지만, 지속적인 남과의 비교로 기분이 나빠진 나는 "종로에서 뺨 맞고 한강에 가서 눈 흘긴다"고 별일 아닌 일로 신랑에게 짜증을 내는 일도 잦아졌다.

신랑은 영문도 모른 채 나의 짜증을 받아주다가 폭발을 하고, 그 사이에서 아이는 엄마, 아빠의 눈치를 보는 상황이 자주 발생했었다.

나를 위로해주었으면 하는 마음, 나의 힘듦을 알아주지 않는 것 같아 드는 서운한 마음, 왠지 나 홀로 외딴섬에 남겨져 있는 듯한 외로움, 나도, 나를 모르겠다는 마음, 미래에 대한 두려움들이 친구들과 지인들의 사진 속 미소와 대조적으로 나를 더 불행하게 만들었다.

다른 사람들은 모두 쉽게 살고 행복한 것 같은데, 나만 불행하다는 생각을 떨치지 못했다.

사람들을 만나면 유독 사람들의 눈치를 많이 살피던 나는 SNS로 인해 비교가 더 잦아지며 자존감이 더욱 낮아지고 있었다.

이때 당시 내가 가장 많이 쓰는 단어는 "힘들어"이었다. 내가 힘들다는 말을 얼마나 자주 했는지, 4살이었던 내 아이도 조금만 놀고 나서도, 밥을 먹고 나서도, 텔레비전을 보고 나서도 "나, 힘들어"라는 말을 자주 했다. 내가 사용하는 말에서도 행복함은 전혀 없었다.

내가 이런 상황이니 신랑도 아이도 행복할 수가 없었다.

나와 우리 가족만 빼고, 다른 사람들은 모두 행복해 보였다.

PART
02

나는 엄마 자격이
있는 걸까

누구나 고민은 있다

일과 육아, 보육교사와 엄마 사이에서 고민과 방황을 많이 하던 나는 그때 당시 나의 내면을 들여다보기 위해 많이 노력했었다. 내가 이렇게 힘들어하는 진짜 이유가 무엇인지를 찾기 위해.

6, 7세 혼합반 담임을 하고 있을 때였다. 우리 반에 민석이라는 7세의 남자아이가 있었다. 이 아이를 볼 때마다

"민석이 부모님은 얼마나 흐뭇할까? 어쩜 아들을 이렇게 잘 키웠을까?"라는 생각이 들 정도로 민석이는 모범생인 아이였다. 형님으로서 같은 교실의 동생들도 잘 챙기고, 선생님의 이야기도 잘 듣고 어른을 공경할 줄도 알고, 학습 부분도 빠지지 않았다. 음식도 골고루 잘 먹고, 하루 일과에 맞추어 계획성 있게 잘 보내는 아이였다. 부모님께서 맞벌이를 하고 계셨지만, 어린이

집에 가기 싫다거나 엄마에게 빨리 데리러 오라고 떼 한번 쓰지 않는 아이였다. 말 그대로 엄친아였다.

정기적인 학부모 면담 시기가 되어 민석이의 어머니와도 면담하는 날이 되었다. 모든 것이 완벽하다고 생각되었던 민석이었기에 어머니께서는 특별히 드릴 말씀이 없었고, 오히려 어떻게 이렇게 잘 키우셨는지 비법을 물어봐야겠다고 생각하고 있었다.

민석 이의 어린이집 생활에 대해 이야기를 듣던 어머니께서는 내 생각과는 정반대로 민석이의 고민에 대해 이야기를 하시는 것이 아닌가?

"민석 이가 체구가 왜소해서 다른 아이들에게 치이지 않을까 걱정이에요. 그리고 너무 틀에만 매여 있는 것 같아 그것도 걱정이고요."

어머니의 고민 이야기를 듣고 보니, 어머니 입장에서는 충분히 걱정할 수 있는 부분이겠구나 싶어 공감되었고, 그 부분을 더 신경 써서 보육하겠다고 말씀도 드렸다. 그러나 한편으로는 충격이기도 했다. 이렇게 완벽한 아이의 엄마도 고민이 있구나. 나만 아이에 대한 고민이 있었던 것이 아니었구나 하고 말이다.

이 시기부터 내 주변 지인들이 하나둘 결혼하기 시작했고, 한 명씩 출산하여 더 이상 나는 이들과 다른 환경에 있는 것이 아니라 이들보다 결혼도 먼저 하고, 아이도 먼저 키운 선배 엄마가 되어 있었다. 그러다 보니 지인들이 이런저런 고민을 많이 이야기했다. 결혼 전에는 가정에 대해서 전혀 이야기하지 않았었는데, 결혼 후에는 신랑과의 불화, 시댁과의 어려움, 아이 키우는 것에 대한 어려움을 이야기 하는것이 아니던가. 말을 안 하고 표현을 안 해서 몰랐을 뿐이지 모든 가정에는 각자의 고민이 한두 가지씩 꼭 있었다. 특히, 아이를 낳은 지 얼마 안 된, 아이가 어린 시기일수록 가정에서의 불화와 고민이 더 많았고, 이 시기를 가장 힘들어하는 것 같았다.

지인들의 결혼 생활에서 가장 큰 불만은, 신랑이 아이와 놀아주지 않는다는 것이다. 회사 일도 하고, 살림도 하고, 육아도 혼자 다 하다 보니 지친다는 것이다. 온종일 아이와 둘이서만 있어서 제대로 씻지도 못하고, 마트 한 번 다녀오는 것도 힘든데, 퇴근하고 들어 온 신랑은 아이와 놀아주지도 않고, 놀아주라고 하면 멀뚱멀뚱 있기만 해서, 보고 있으면 답답하다는 것이다.

지인들의 고민 이야기를 들어주면서 나의 결혼생활, 육아 생활을 돌아보게 되었다. 나 또한 가장 힘들었던 시기가 아이를 낳고, 아이가 말을 할 수 있는 시기 전까지였다.

이때 알게 되었다. 아이가 생긴다는 것은 너무나 큰 변화이고, 이 변화를 받아들이기까지 꽤 오랜 시간이 걸린다는 사실을.

"나만 힘들다"는 생각에 빠져있던 나는 학부모님들과의 면담, 지인들의 고민 얘기를 들으며 누구나 힘들고 걱정인 부분이 있다는 것을 알게 되었다.

그 후 아이가 조금 더 성장하여 약간의 여유가 생긴 나는 그때야 내가 가진 좋은 점들을 보게 되었다. 신기한 점은 단점이라 생각했던 부분들이 장점으로 보였다.

욕심이 너무 없는 것이 아니냐고 생각했던 신랑은 아이와 친구같이 잘 놀아주고, 주어진 환경에 불만을 갖지 않고 잘 적응하려고 노력하고, 지출이 많지 않은 모습이 고맙게 느껴졌다. 며느리의 행동이 예뻐 보이지만은 않았을 텐데, 이해하려 노력해 주시는 시부모님께도 감사한 마음이 들었다. 그리고 딸이 힘들어할까 봐 걱정해 주시는 친정 부모님께 감사했고, 손자를 예뻐해 주시는 양가 부모님께 감사의 마음이 들었다.

보육교사 초임 시절 학부모님들께서는 나에게 아이를 맡기는 것이 걱정되셨을 텐데, 나를 믿고 맡겨 주신 것도 감사하고, 경력이 끊어지지 않고 일을 할 수 있는 환경인 것도 감사하는 마음이 들었다.

질풍노도의 불안한 시기를 보낸 후, 사람마다 각자의 상황이 다르며 저마다 크고 작은 고민을 안고 살아가고 있다는 것을 깨달았다.

결혼 후, 고민과 그에 관한 해결방법에 대해서 생각이 많았던 나는 이후에 대학원에서 「가족치료」라는 과목에 관심이 생겨 수강하게 되었다. 이때, 나의 생각은 더 확실해졌다.

"결혼은 서로 다른 환경에서 30년을 넘게 따로 살던 사람들이 만나기 때문에, 가족이 구성되는 초기에는 서로가 적응하고 맞춰가야 한다. 이 과정에서 부부싸움을 하는 것은 당연하다. 부부가 결혼 초기에 아직까지 서로에게 맞추어가기가 쉽지 않은 과정에서 아이가 태어나면, 성인 중심의 생활패턴이 아이 중심의 생활패턴으로 180도 바뀐 환경에 적응하는 것은 당연히 어렵다"는 것이다.

이 이론을 듣고서 나는 마음에 위안이 되었다. 결혼 생활이 쉬운 것이 아니고, 더욱이 아이를 낳아 키우는 과정은 만만치 않다. 나만 힘든 것이 아니었다. 이 과정 자체가 쉽지 않은 것이었다. 이렇게 나는 삶이라는 것을 알아가고 있었다.

02

내 아이에게서 답을 찾다

　　결혼 초기, 육아 초기에 혼돈의 시간을 보낸 나는 아이가 성장하면서 어느 정도 안정을 찾았고, 그때야 내 아이가 보이기 시작했다. 아이의 자는 모습을 보고 있으면 너무 예쁘고, 놀이할 때도 무슨 이야기를 하는지 가만히 귀 기울이게 되고, 아이의 관심사가 무엇인지, 어떤 놀이를 좋아하는지, 어떤 기질을 가졌는지를 관찰하기 시작했다.

그동안 보육교사를 하면서 반 아이들을 관찰하고, 관찰일지를 쓰고, 아이의 놀이를 더 성장시키도록 다양한 방법을 시도해보고, 학부모님들과 면담했던 내용이 내 아이의 관찰에 많은 도움을 주었다. 교사로서 아이를 관찰하는 것과 엄마로서 자녀를 관찰하는 것은 주관의 개입 여부가 있기 때문에 같다고 할 수 없다. 하지만, 아무것도 몰랐다면 보지 못했을 것들이 나에게는 보였고, 그것을 토대로 남편과의 대화를 만들어 갈 수 있었다.

과거와는 달리 처음으로 보육교사란 직업을 가진 내가 좋아지기 시작했다.

내가 부족한 점이 많은 사람이라 느껴서인지, 육아 초기에는 내 아이만은 완벽하게 키워야 한다는 강박관념이 있었다. 아이를 그대로 바라봐 주는 것이 아니라 세상이 좋아할 만한 사람으로 키워야한다는 생각이 강했다. 그래서 예의 없이 행동하거나 고집을 부리면 아이에게 참으로 단호하게 대했다. 그것에 대해 내가 한 가지 깨닫는 사건이 있었다.

저녁 식사 때문에 집에서 기다리고 계실 시어머니께 퇴근했다고 알려드리려고 전화를 걸었다.

"태훈 어미야, 우리 지금 태훈이 데리고 마트 와있다. 태훈이 장난감 하나 사주려고."

"어머니, 지하철 타고 가는 길이니까 저도 마트로 갈게요. 같이 들어가요."

라며 전화를 끊고 마트로 갔다.

"어미야, 네 전화 끊고 태훈 이한테 엄마 퇴근해서 이리로 온다고 했더니 장난감을 2개 들고 있다가 하나를 제 자리에 가져다 놓더라. 2개 다 마음에 들어 해서 사준다고 해도 싫다고 하네. 엄마한테 할머니가 얘기한다고 해도 싫다고 해."

"그래요? 태훈아, 장난감이 2개가 마음에 들었어? 할머니가 태훈이 2개 사주고 싶다고 하시는데, 2개 살래?"

"아니."

라며 장난감을 하나만 들고 있었다.

이때 아이는 4세였는데, 그 조금만 아이가 사고 싶은 것을 어떻게 참았을까 싶어 안쓰러우면서도 대견함도 함께 느껴졌다. 그와 반대로 마음에서는 내가 아이에게 너무 엄격했던 것은 아니었을까? 어떻게 떼 한 번 쓰지 않고 갖고 싶은 것을 바로 포기할 수 있었을까? 싶은 생각에 마음이 먹먹해졌다.

"아이에게 너무 엄격한 잣대를 대지 말자. 조금만 느슨하게 살자."라고 다짐하는 계기가 되었지만, 마음을 바꾸고 실천하기까지는 아니었다.

이때까지도 나는 아이의 마음보다 세상이 바라보는 시선, 나의 기준점에 맞추어 아이를 키우고 있었다.

그러다 아이에게 두 번의 틱이 왔다.

한 번은 6세 때, 또 한 번은 초등학교 입학 직후였다. 처음에는 눈을 깜박이기에 눈에 뭐가 들어갔나? 뭐가 불편한가? 라고만 생각하다가 일주일이 넘어가자 직감적으로 틱이라는 것을 알았다. 병원에서 진료를 받고 약을 처방받아도 호전이 없어 동네 병원을 시작해서 대학병원까지 진료를 받으러 다녔다. 병원에서 의사 선생님들은 틱이라고까지 말씀은 안 하시고, 좀 더 지켜보자고 말을 아끼셨지만, 많은 아이를 보아왔던 나는 직감적으로 틱이라는 것을 알았다.

조용한 환경에 익숙해서 노래를 듣거나, 율동하는 것을 극도로 싫어했던 아이가 6세 때는 어린이집에서의 재롱발표회 연습으로 스트레스 지수가 높아졌다. 게다가 그 시기에 나는 토요일마다 10주간을 온종일 교육을 받아야 했다. 아이에게는 스트레스와 엄마의 부재가 원인이었다. 그렇게 3개월 정도가 지나 나도 교육이 끝나고, 아이도 어린이집에서 재롱발표회가 끝나면서 눈을 깜박이는 틱도 함께 사라졌다.

초등학교에 입학해서도 얼마 되지 않아 다시 눈을 깜박이는 틱이 나타났다. 어린이집과는 다른 분위기의 학교, 계속 앉아서 수업을 들어야 하는 자유롭게 움직일 수 없는 수업 시간, 그리고 글씨 쓰기로 인해 아이의 스트레스 지수가 높아지고 있었다. 그때 나는 어린이집 평가인증 준비 기간이어서 퇴근하고 집에 들어오는 시간이 매일 밤 12시였다. 주말까지 출근하며 또다시 아이가 스트레스받고 힘든 상황에 엄마의 부재까지 겹쳤다. 잘해주지도 못하는 엄마가 뭐가 좋다고, 엄마의 부재가 아이에게 이렇게 큰 영향을 미치는 것일까? 하지만, 그런 상황임에도 불구하고 나는 아이를 볼 때마다 잘해야 한다고 잔소리를 했다.

아이의 학교 상담 기간, 담임선생님께서도 걱정하셨다.

"태훈이는 교사가 보기에는 참 예쁜 아이예요. 그런데, 너무 규칙을 지켜야 한다는 생각이 큰 것 같아요. 이런 상황이라면 태훈이가 학교생활을 즐겁게 하지 못할 것 같아 걱정됩니다. 조금은 느슨하게 해도 된다고 태훈이에게 계속 이야기를 해주고 있어요."

담임선생님의 말에 아직도 아이에게 나의 방식을 많이 강요하고 있었다는 것을 반성하며 아이에게 미안한 마음이 들었다. 그리고 나보다도 아이를 더 세심히 봐주신 선생님께 감사의 마음이 들었다. 100%는 아니었지만, 그때부터 나는 나의 방식을 벗어나 아이가 편안한 방법으로, 아이가 원하는 것을 할 수 있도록 허용하려고 노력하였다.

그 결과는 아이의 글씨이다. 지금 아이가 글씨 쓴 것을 보면 무슨 글씨인지 알아보기 어려울 정도로 흘려 쓰고 있다. 잔소리 한 번 하려고 하다가도 아이의 글씨를 보면, 초등학교 1학년 때 담임선생님의 말씀이 떠오르고, 그 당시 힘들어했던 아이 모습 생각에 글씨를 보고 웃고 넘어간다.

"글씨가 뭐가 중요해. 아이가 행복하고 편안하면 그만이지."

힘들어도 힘들다는 것을 말이나 감정으로 표현하지 못하고, 몸이 반응하는 아이를 보면서 마음이 참 많이 아팠다. 능동적으로 자유롭게 표현하지 못하고, 수동적으로 몸이 반응하니 아이는 얼마나 힘들었을까?

아이는 엄마에게 다양한 방법으로 신호를 보낸다.

"엄마, 나 지금 힘들어요."

"엄마, 나 좀 봐줘요. 나를 돌봐달라고요."

라고 말이다. 이렇게 보내는 아이의 신호를 알아차려야 한다. 그러기 위해서는 아이를 잘 관찰하고, 아이의 성향을 파악하고 있어야 해결책도 찾을 수 있다. 세상에 똑같은 아이는 없다. 내 아이는 이 세상에 유일한 하나뿐인 존재이다. 같은 부모에게 태어난 형제도 똑같지 않기 때문에 아이 각자의 기질에 맞추어 양육해야 한다. 그 답을 어디에서 찾을까? 멀리서 찾지 말자. 다른 엄마들의 이야기에서 찾지 말자. 바로 내 아이에게서 찾아보자. 아이는 엄마인 나에게 계속 신호를 보내온다.

그렇게 나는 아이의 신호를 보고, 아이에게 어떤 것이 좋은 방법일지를 고민하기 시작했다.

육아에서 만나게 된 또 다른 나

보육교사 자격증 공부를 하던 때에 「인간행동과 사회 환경」 과목을 좋아했다. 심리학자들의 이론을 배우는 과목이라 쉽지는 않았지만, 이 과목을 통해 나의 무의식 속에 잠재되어 있던 것을 많이 깨달았다. 나라는 사람을 그제야 알아가기 시작했다. 이 과정은 아이를 키우면서 더 많이, 더 자주 나타났다.

"나는 왜 아이에게 화가 날까?"

"나는 이 상황을 왜 이해해 주지 못하는 거지?"

라고 생각하다 보니 어릴 때의 내 모습, 부모님과 즐거웠던 일, 원망스러웠던 일들이 떠오르며 부모님의 마음을 이해하기 시작했다.

"이때, 엄마 아빠는 이 방법이 최선이었구나."라고 말이다. 하지만, 그러면서도 아쉬운 부분이 없는 것은 아니었다.

어려서 밥을 잘 먹지 않았던 나를 엄마는 밥그릇을 들고 따라다니며 밥을 먹이셨다. 그리고 우리 가족은 가족 여행을 많이 다니지 못했다. 아빠는 시장에서 가게를 하고 계셨기 때문에 가게를 비울 수도 없었고, 시장 상인들의 모임도 있어 바쁘셨다. 그래서 그 당시 부모님과 함께 여행을 다니는 친구들이 매우 부러웠다.

"나는 아이에게 밥그릇을 들고 쫓아다니면서 먹이지 않을 것이고, 아이와 여행을 다니면서 세상을 넓게 보여주는 엄마가 되고 싶어."

라고 참 많이 다짐했었는데, 아이를 낳고 보니 어느 순간 나에게서 엄마의 모습이 그대로 보였다. 그것도 닮기 싫었던 부분만 말이다. 그래서 내 모습이 싫었고, 닮지 않았으면 하는 나의 단점이 아이에게 보이면 걱정이 앞서면서 화가 났다.

어린이집에서 아이들을 보육하다 보면, 교사는 마인드 컨트롤을 잘해야 한다. 화가 난다고 화를 낼 수가 없다. 참고 있으면 될까? 아이들은 정말 귀신같이 잘 안다. 선생님의 감정이 어떤지. 그렇기 때문에 마인드 컨트롤을 위해 부단히 애를 많이 썼다.

엄마도 마찬가지이다. 아이는 엄마의 감정을 온몸으로 그대로 느낀다. 엄마가 화가 나면 아이는 엄마의 눈치를 보거나, 오히려 반대로 행동이 더 거칠어지며 엄마를 힘들게 하는 경우도 있다. 이것은 아이가 일부러 그러는 것이 아니다. 아이도 어떻게 행동

해야 할지 모르기 때문이다. 화가 나도 티를 안 내려고 부단히 노력했지만 쉽지 않았고, 감정의 기복이 컸던 내 모습을 아이가 닮지 않았으면 했다. 어느 부모가 자신의 부족한 부분을 아이가 닮기를 바라겠는가? 좋은 점만 닮았으면 싶지만, 그것이 내 마음대로 되지 않는다. 게다가 나의 부족한 점을 닮은 아이의 모습은 더 크게 부각되어 보인다.

아이가 어떤 모습으로 성장했으면 좋겠다 싶은 모습이 있다면, 부모부터 그렇게 행동해야 한다는 말을 들은 기억이 있어서 나는 책을 읽기 시작했다. 아이를 잘 키우는 방법 그리고 나를 변화시키는 방법을 알고 싶었기 때문이었다.

책은 참 신기했다. 읽으면 읽을수록 내면과 이야기를 하게 만들었다.

아이를 키우면서 그동안 일부러 외면했던 나의 과거를 자주 마주하게 되었다. 내가 어렸을 때 엄마, 아빠에게 가졌던 마음을 생각하며 아이를 바라보게 되었고, 나도 모르게 무의식 속에 숨겨져 있던 내면을 보며 나 또한 성장하고 있었다.

육아는 모든 부모가 처음 해보는 것이다. 이것에 대한 해결책을 어디서 찾을 수 있을까? 내가 그동안 보아 왔던 것은 부모님의 모습밖에 없기 때문에, 나도 모르게 부모님의 모습을 답습하고 있다. 나는 나의 부족한 부분을 아이가 닮는 것을 원치 않았고, 아이가 좀 더 마음이 건강한 아이로 자랐으면 하는 마음과 나도 함께 성장하고 싶다는 욕구가 컸다. 그래서 책을 찾아 읽기 시작했다. 처음에는 육아서로 그다음은 자기 계발서로 이동하면서 책을 읽었다.

처음 책을 읽었을 때는

"에이, 이건 이 사람이니까 이렇게 했지, 이걸 내가 어떻게 할 수 있겠어?"

라고 생각하며 작가와 나의 삶은 동떨어져 있다고 생각했다. 하지만, 책을 읽으면 읽을수록 비슷한 방법을 사용한 사람들이 많았고, 그것을 통한 성공한 사례들도 많았다.

"이 사람도 이렇게 했고, 저 사람도 저렇게 했다는데, 그럼 나도 할 수 있지 않을까? 한 번 시도해볼까?"

라고 어느 순간 나의 사고가 바뀌어 가고 있었다.

모든 도전이 성공적인 것은 아니었다. 책을 읽고 나도 엄마표 영어를 해보겠다고 했다가 오히려 아이가 영어를 거부하는 역효과를 낳기도 했다. 하지만, 나는 책 읽기도 새로운 도전을 하는 것도 멈추지 않았다.

"나만 힘든 것이 아니었네. 이렇게 유명한 작가도 힘들었던 적이 있었네. 그것을 잘 극복하고 멋지게 성공했네. 나도 멋지게 잘 살아보고 싶다."라고 생각하면서 나는 낮았던 자존감을 조금씩 회복하고 있었다. 나의 자존감 회복은 아이에게도 긍정적으로 작용을 했고, 아이를 좀 더 너그럽게 바라볼 힘이 생기게 되었다.

내가 아이를 낳지 않았다면, 이런 것이 가능했을까?

육아하며 많이 고민했고, 해결 방법을 찾고 싶었기에 나를 성장시킬 기회도 만들 수 있었다. 그리고 아이를 바라보고 나의 내면을 들여다보며, 나라는 사람은 어떤 사람인지를 좀 더 정확히 알수 있었다. 이 모든 것이 나에게 와준 천사 같은 아이 덕분에 가능했다.

가끔 남편에게 물어본다.

"태훈이가 없었다면 우리는 얼마나 재미없는 인생을 살았을까?"

"그 상황에서 나름 재미를 찾았겠지."

라고 남편은 대답하지만, 나는 확신할 수 있다. 지금보다 더 행복한 삶을 살지 못했을 것이라고. 진정한 인생의 의미를 찾지 못했을 것이라고.

"태훈이가 엄마를 닮아 책을 좋아해."

라는 남편의 이야기를 들으면 내가 아이에게 좋은 영향을 준 것같아 기분이 좋아진다.

지금은 중학생이 되어 책보다는 미디어를 더 좋아하지만, 책에 거부감이 없는 것만으로도 다행이라 생각한다. 나중에서 커서 힘든 일이 생겼을 때, 내가 책에서 해답을 찾았던 것처럼 내 아이도 그럴 것이라고 믿기 때문이다.

그래, 연습이 필요한 거야

모든 일에는 시작점이 존재한다. 지금 내가
직장에서 능숙하게 하는 일들이 처음부터 능숙했을까?
학교를 졸업하고 취업했을 때도 첫날이 있었다. 첫날은 무엇을
해야 할지 몰라 우왕좌왕하며, 분위기를 익히느라 하루를 정신
없이 보냈던 경험은 누구나 있을 것이다.
어린이집에서도 학부모님들을 만나다 보면, 아이를 처음 어린이
집에 입소시켰을 때는 모든 것을 궁금해하신다. 엄마로서 무엇
을 준비해야 하는지, 아이 물품은 어떻게 보내면 되는지, 점심과
간식은 무엇을 먹는지, 낮잠은 어떤 식으로 자는지, 선생님께 이
런 것을 물어봐도 되는지, 안 되는지 등 사소한 것 하나까지도
궁금해하신다. 어린이집이라는 새로운 공간에 들어오셨기에 당
연하다. 하지만, 1년이 지난 후에는 어린이집에 아이를 처음 보

내는 엄마가 이런 고민을 한다면, 어린이집을 먼저 보낸 선배 엄마로서 조언해 주실 정도가 된다. 아이가 한 명일 때는 모든 것이 조심스러웠던 부모님들도 둘째, 셋째가 생기면 마음과 행동에 여유가 생기는 것을 자주 볼 수 있었다.

처음은 모든 것이 새로우므로 적응 시간이 필요한 것이다.

아이들이 어린이집에 처음 오면 적응 시간을 갖는 것처럼, 부모인 우리도 아이를 키우는 데 적응이 필요하다.

나도 아이를 낳고 처음에는 기대감에 부풀었다. 내가 아이를 낳았다는 사실과 우리 부부를 닮은 아이가 내 앞에 있다는 신기함, 그리고 정말 잘 키울 수 있다는 자신감으로 기대에 부풀었다. 그러나 그 기대가 깨지기까지는 그리 오랜 시간이 걸리지 않았다. 앞에서 이야기했듯이 아이에게 모든 것을 맞추어 주어야 하는 현실, 그리고 그 이전과는 180도 달라진 상황들로 나는 꽤 오랜 시간을 방황하고 갈등했다.

하지만, 내 내면에서는 이상적인 꿈이 계속 자라고 있었는지 내 삶이 그대로 무너지게 두는 것이 싫었고, 현재보다 더 나은 삶을 살고 싶었다.

가장 싫었던 것은 내가 행복하지 않다는 것이었다. 그래서 방법을 찾기 시작했고, 그 방법이 책을 읽는 것이었다. 독서는 힘들었지만, 나의 내면을 자꾸 들여다보게 하였다. 그 결과 상대방의 입장에서 생각하는 힘이 조금씩 길러졌다.

상대방을 이해하는 것과 이해하지 못하는 것의 차이는 정말 크다. 말이나 행동에서 바로 나타난다. 그리고 내가 상대방을 이해하려고 노력하면, 상대방도 나를 이해하고 배려해 주려고 노력한다.

책을 읽으면서 가장 많이 느낀 것은 내가 변해야 한다는 것이었다. 주변을 보는 나의 시선을 바꾸고, 아이를 바라보는 나의 마음을 바꾸는 것이었다. 아이를 내가 원하는 대로 키우는 것이 아니라 아이 그대로를 인정해 주고, 남편에게도 똑같이 남편의 모습 그대로를 인정해 주어야 한다는 것이었다.

어린이집에서는 아이들의 개별성을 존중해 주기 위해 많은 노력을 한다. 인간은 존엄하고 똑같은 아이는 없기 때문에, 틀에 맞추어 아이를 바라봐서는 안 되기 때문이다. 어린이집에서 교사로서는 아이의 개별성을 인정해 주던 내가, 엄마로서 내 아이에게는 왜 그렇게 힘든 일이었을까? 이유는 나의 주관적인 감정이 이입되었기 때문이다. 내 아이를 나처럼 키우기 싫다는, 세상에서 가장 잘난 사람으로 키우고 싶다는 마음 때문이었다. 책을 통해 이런 나의 마음을 알게 되었고, 나도 모르게 잠재의식 속에서 내 아이를 다른 아이들과 비교하면서 잘하는지, 못하는지를 따지고 있었다는 것을 깨달았다.

나는 육아 연습을 시작하기로 결심했다. 처음부터 잘하는 사람은 없으니까.

가장 먼저 할 일은 내 마음을 다스리는 일이었다.

아이를 그대로 인정하고, 남편도 그대로 인정하기로.

내가 바뀌면, 아이가 과거의 엄마와 바뀐 현재의 엄마를 어떻게 받아들일까 걱정도 되었지만, 아무것도 안 하는 것보다는 시도하는 것이 더 중요하다고 생각했다. 나의 행복을 위해, 아이의 행복을 위해, 가정의 행복을 위해서는 이대로 살 수는 없었다.

이후로 뭔가 화가 나거나 짜증 나는 일이 있으면, 내 마음이 지금 화가 났음을 인정하고, 무엇 때문에 그런지 생각해 보고, 아이에게는 표현하지 않으려고 노력하였다.

"엄마, 화났어?"

"엄마 화난 것처럼 보여?"

"응"

"엄마가 화가 나기보다는 오늘 어린이집에서 일이 많이 힘들어서 힘이 없어. 엄마가 가만히 있으니까 화난 것처럼 보였나 보다. 태훈이 때문에 그런 건 아니야. 엄마 조금 쉬면 괜찮아지니까 걱정하지 마."라고 말해주었다.

나는 가만히 있으면 화가 난 사람 같다는 이야기를 자주 들었다. 아이도 내가 가만히 있으면 화가 났다고 생각하는 것 같아서 자주 이야기를 하려고 시도하였다.

연습을 시작했다고 매일매일 좋아지는 것은 아니었다. 널뛰는 감정을 다스리기 어려워 참다가 폭발하기도 하고, 후회하고, 그러다 다시 시작하자면서 마음을 다스리기를 반복하였다.

"아이를 낳아보지 않은 사람은 어른이 아니다."라는 어른들의 말씀이 있다.

내가 육아 연습을 하기로 마음을 먹으면서 가장 많이 공감하는 말이었다. 결혼하지 않았다면, 그리고 아이를 낳지 않았다면, 내가 이렇게까지 내 마음을 다스리는 연습을 했을까? 아마도 "안 보면 그만이지"라며 내가 편한 방법으로 살지 않았을까?

그렇게 나는 조금씩 진정한 어른이 되어가는 연습을 시작했다.

생각해 보면 나와 가장 가까운 사람은 가족인데, 이상하게도 결혼을 하면 가족이 가장 멀게 느껴진다. 서로를 이해하고 맞추어 가려는 노력과 연습이 정말로 필요한 사람은 가족이라고 생각한다. 나만 바뀐다고 될까? 하는 의문이 들 수 있지만, 내가 먼저 바뀌지 않으면 아무것도 바뀌지 않는다. 내가 먼저 바뀌어야 상대방이 조금이라도 바뀔 여지가 있는 것이다.

나는 원래 눈물이 엄청 많다. 조금만 속상한 일이 있어도 울었던 내가 엄마가 되고 나서는 내 울음에 아이가 속상해하는 것이 싫었고, 우는 것도 사치처럼 느껴졌다. 그렇게 눈물이 메말라 가나 보다 했는데, 책을 읽거나 영화, 드라마를 볼 때면 조금만 슬픈 장면에도 왜 그렇게 눈물이 쏟아지는지, 그동안 눌렀던 감정들이 책과 영화라는 매개로 터져 나오는 것 같다. 처음에는 왜 우냐고 했던 아이가 이제는 조금만 슬픈 장면이 나오면 나를 쳐다

본다. 엄마가 우나, 안 우나 보려고.

아빠와 둘이서 엄마가 눈물을 흘리고 있으면,

"엄마 운다."라고 말하며 웃고, 눈물이 나지 않아서 안 울고 있으면, "울 줄 알았는데 안 우네. 엄마 안 슬퍼?"라면서 둘이 나를 놀리는 재미에 빠졌다.

이렇게 작은 것이라도 함께 하고, 서로를 알아가는 우리 세 식구의 삶이 지금은 참 좋다.

어느 누구나 처음은 있다. 처음 없이는 한 단계 앞으로 더 나아갈 수 없다. 육아도 마찬가지이다. 처음 시작하는 육아, 연습을 통해 한 단계 성장하는 행복한 시간으로 만들자.

05

나는 엄마표 놀이를 하기로 했다

　　　　나의 마음을 다스리기로 마음먹고 노력하자,
신기하게도 힘들다고만 느껴졌던 육아가 고마움으로 바뀌기 시
작했다. 아이의 꼬물꼬물 놀이하는 모습도 너무 귀엽고, 나에게
이야기하는 아이 모습도 얼마나 예쁘던지. 아이의 이야기를 듣
고 있으면 "어쩜 어린아이의 머릿속에서 이런 생각이 나왔을
까?"라는 신기함을 자주 경험했고, "어려도 생각이 다 있구나,
내가 이 생각들을 무시하면 안 되겠구나."라고 다짐을 하며 나
에게 이런 행복함을 안겨주는 아이에게 고마운 마음이 들었다.
아이의 예쁜 모습들을 보고 있으니 조금 더 욕심이 났다. 이 시
간을 그냥 흘려보내기가 아까웠고, 아이와 소중한 추억들을 만
들고 싶다는 욕심이.
그래서 어린이집에서 아이들과 함께했던 놀이를 집에서 아이와

하나씩 하다 보니, 그것이 바로 엄마표 놀이가 되었다. 이렇게 나는 아이와 엄마표 놀이를 조금씩 하게 되었고, 일상을 함께 하며 아이와 나는 세상을 배워가고 있었다.

엄마표 놀이라고 해서 거창하지는 않았다. 준비 도구가 많았던 것도 아니었다. 나는 집에 있는 물건을 최대한 활용해 놀이하려고 했다.

아이가 씻을 때면 욕조에 물을 받아주고, 소꿉놀이 그릇이나, 플라스틱 그릇을 함께 가지고 들어가, 그 안에서 풍덩거리며 물을 담았다 흘렸다 하며 다양한 놀이를 했고, 아이가 가져오는 책을 함께 읽기도 했다. 집에 사용하지 않는 화장품을 모아서, 종이 위에 물감이나 크레파스가 아닌 화장품으로 그림을 그려보고, 음식을 할 때는 빵칼을 주면서 함께 야채를 잘라보는 등, 이 모든 것들이 아이에게는 놀이였다.

놀이터에서는 돌멩이를 주워서 쌓은 후에, 그것을 집에 가져와 씻어서 통에 넣어 보관하기도 하고, 놀이터 흙에 앉아서 땅을 파며 흙 놀이도 했다.

집에 있는 블록을 함께 쌓으며 놀이를 하였고, 잠자기 전에는 이불을 들고 이불 썰매도 태워주었다.

우리 집의 놀이 장소는 주로 거실이었다.

자동차를 좋아했던 아이를 위해 남편은 벽걸이용 달력을 여러 장 뜯어, 거실 바닥에 붙이고는 그 위에 자동차 길을 그려주고

놀이터에서 돌멩이 모으기　　　　달력을 활용한 자동차 찻길 놀이

주차장을 그려주었다. 아이는 그것을 가지고 거의 석 달 동안을 놀이했다. 자동차 놀이를 하다가 그림 위에 주차해 두고는 손도 못 대게 했다. 거실이 제 역할을 제대로 하지는 못했지만, 아이가 충분히 놀이를 할 수 있을 때까지 기다려주었다.

한 번은 나무 블록을 얻게 되어 아이에게 가져다주니 얼마나 좋아하던지, 그날부터 거실 전체에 블록으로 길을 만드는 것이 아니던가. 밤이 되어 정리하자고 하니 그대로 두어야 한다고 한다. 처음에는 실랑이를 좀 벌이기도 했지만, 아이가 만든 작품이기에 스스로 정리할 때까지 기다려주자 다짐했다. 매일매일 조금씩 구성을 바꾸어 놀이하던 아이가 어느 순간, 정리하겠다고 말하며 정리를 했다가 며칠 후에 다시 만들기를 반복하며 아이는

과자 그림 그리기

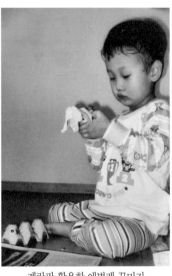

계란판 활용한 애벌레 꾸미기

계란판에 놀잇감 담기 놀이

계란판 까꿍 놀이

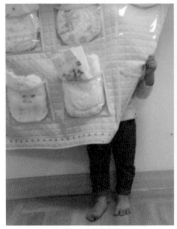

까꿍 놀이

상자 집 놀이

상자 집 놀이

테이프 거미줄 놀이

나뭇잎 붙이기 놀이

블록 놀이에 흠뻑 빠져들었었다.

아이와의 놀이를 위해 무엇인가를 준비할 시간이 많지 않았던 나에게 엄마표 놀이는 내가 무엇인가를 계획하고 제공하는 것이 아니라, 집에서 쉽게 볼 수 있는 것으로 함께 놀이하고, 아이의 놀이를 지켜봐 주고, 흥미를 잃지 않게 유지해 주는 것이었다. 힘들게 육아하고 싶지 않아 최소한의 움직임으로 엄마표 놀이를 한 것이다.

놀이뿐만 아니라 나는 아이와 일상도 함께 하기 시작했다. 외출도 함께 하고, 내가 만나는 사람들을 아이와 함께 만나고 싶었다. 아마도 일하는 시간에는 아이와 함께할 수 없다는 생각에 조금이라고 시간이 나면 아이와 함께하고 싶었던 것 같다.

한 번은 보육교사 승급 교육을 마치고 수료증을 찾으려 가야 할 때였다.

"태훈아, 엄마 지난번에 교육받은 거 수료증 찾으러 가야 하는데, 같이 갈래?"

"수료증이 뭔데?"

"교육 잘 받았다고 주는 거야."

"싫은데."

"지하철 타고 갈 건데, 같이 지하철 여행하자. 엄마 혼자 가면 심심해서 태훈이랑 같이 가고 싶어."

"그럼, 알았어."

두부 탐색 놀이

밀가루 점토 놀이

수수깡 꾸미기 놀이

그렇게 나는 수료증을 찾으러 가면서 아들과 지하철 여행을 하였다. 지하철에서 철로를 본 아들은 종알종알 이야기했다. 내가 다 알아들을 수는 없었지만, 주변을 관찰하는 아들이 신기하기만 했다.

또 한 번은 친구의 결혼식이었다. 결혼식을 가면서 아이를 데리고 가야 했는데, 그때 당시 아이는 결혼식을 지루해할 때였다.

"태훈아, 엄마 친구 결혼식이라 토요일에 결혼식장 가야 하는데 태훈이도 같이 가야 해."

"결혼식에 가기 싫은데."

"그럼 집에 혼자 있어야 하는데, 아직은 너를 혼자 두고 다녀올 수가 없어. 그런데, 결혼식장 근처에 레고 전시하는 곳이 있던데, 당분간만 전시한대. 결혼식 끝나고 거기 들렀다 올까?"

"레고 전시한대? 그럼 갈래."

이렇게 나는 외출해야 할 일이 생기면, 그 근처에 아이가 좋아할 만한 곳이 있는지 먼저 찾아보고, 나도 일 보고, 아이도 좋아하는 하루로 만들었다.

외출해야 하는데 그곳에 아이가 좋아할 만한 곳이 없다면, 아이가 지루해하지 않도록 아이가 좋아하는 장난감과 책을 들고 다녀왔다.

거창한 장난감, 잘 짜인 프로그램도 좋겠지만, 아이는 이것보다도 엄마와 함께하는 시간을 좋아한다. 엄마와 함께하며 마음을 나누는 것을 더 좋아하는 것이다.

이것을 알았기에 나는 거창한 엄마표 놀이가 아닌, 아이와 함께 하는 시간을 즐기는 엄마표 놀이를 하기 시작했다.

PART 03

하루 10분 놀이,
내 아이
마음 읽어주기

아이에게 행동 허용하기

　　　　　내가 낳은 아이가 내 앞에서 꼬물꼬물 움직이며 놀이를 한다. 그 모습이 너무 귀엽다. 그런데, 아이가 어딘가를 짚고 올라가려고 한다. 이때, 엄마인 당신은 어떻게 하겠는가?

1. 아이를 바로 안고 내려준다.
2. 아이에게 안 된다고 이야기를 하며 내려오도록 한다.
3. 아이가 어떻게 하는지 지켜보면서 위험한 상황에 도움을 준다.

정답은 없다. 아이가 떨어질 것 같은 상황이라면 위험하다는 것을 아이에게 인지시키면서 안고 내려 주어야 할 것이다. 하지만, 아이가 위험하지 않아 보이는 상황이라면, 아이의 성장에 어떤 방법이 더 효과적일지에 대해서 엄마인 우리는 생각해야 한다.

또 다른 상황을 생각해 보자.

아이가 컵에 물을 따르려고 물병을 들고 시도하고 있다. 컵에 정확히 맞춰지지 않아 물이 다른 곳에 흐른다. 이때, 엄마인 당신은 어떻게 하겠는가?

나는 유난히 주변이 지저분한 것을 잘 보지 못하는 성격이다. 그렇다고 엄청 깨끗한 성격도 아니다. 그저 내 나름의 규칙대로 정리가 되어 있어야 마음이 편안한 성격이다. 이런 탓에 아이를 키우면서도 아이가 물이나 무엇인가를 흘리면 바로 닦고, 아이의 물건이 여기저기 널려있으면 바로바로 제 자리에 갖다 놓았다. 그리고 아이가 잘하지 못하면 내가 나서서 해주었다.

위의 상황에서도 나는 "물이 컵에 잘 안 따라지지? 엄마가 도와줄게."라며 아주 상냥한 목소리로 아이를 위하는 척 내가 대신해 주었다. 하지만, 어린이집에서 아이들을 보육하고 교사로서 강의도 들으러 다니면서 이런 나의 행동이 아이에게서 성장의 기회를 빼앗았다는 것을 알고는 아이에게 얼마나 미안했던지. 그 후로는 아이에게 스스로 할 수 있는 기회를 주기 위해 기다리는 연습을 하는 엄마가 되고 있다. 그리고 어린이집에서도 아이들을 많이 기다려주려고 노력하는 교사가 되기로 다짐을 했다.

아이들은 성장하면서 특히, "내가"라는 말을 많이 할 때가 있다. 그때는 3세 정도의 나이로 아이들의 자아가 형성되기 시작하는 시기이다. 이때는 "내가"라는 말뿐 아니라 "싫어"라는 말도 자주 하는 때이고, 혼자 하겠다고 고집을 피우기도 해서 부모는 육아하며 처음으로 아이가 어렵다고 느끼는 때이다.

주로 아이들이 떼를 쓰는 경우는 옷을 혼자 입겠다고 하는 것, 신발을 혼자 신겠다고 하는 것, 혼자 밥을 떠먹겠다는 것, 손을 혼자서 씻겠다는 것 등으로 스스로 해보려는 이런 행동들을 제지할 때이다. 이때는 위험하지만 않다면 아이가 스스로 해보도록 시간을 주는 것이 좋다. 옷을 입을 때는 옆에서 지켜보다가 아이가 도와달라고 하면 그때 도와주자. 손을 씻다가 옷이 젖으면 아이가 충분히 씻을 때까지 기다렸다가 옷을 갈아입혀 주자.

어린이집에서 아이들과 함께하다 보면 영아기의 아이들은 혼자서 무엇인가를 자주 시도한다. 물건을 잡고 일어서기를 시도하던 아이가 어느 날 책상 위에 올라가 있다. 이때 나는 아이에게 다가가

"책상 위에 올라갔구나. 올라가니까 신기하지? 그런데 떨어질 수 있으니까 이번에는 내려오는 걸 연습해볼까?"

라고 하면서 아이의 몸을 돌려주어 한쪽 발이 먼저 책상 아래로 내려오도록 하고, 다른 발도 마저 내려오도록 해주어 아이가 스스로 내려올 수 있는 방법, 새로운 시도를 해보도록 도와준다. 그러면 다시 책상 위로 뽀르르 올라간다. 그러면서 같은 과정을 다시 반복한다. 며칠 아니면 더 길게는 한 달 정도 하다 보면 책

사물함 여는 모습

상에 올라갔던 아이가 스스로 뒤를 돌아 내려오는 모습을 발견하게 된다. 그때는 박수를 치며 안전하게 잘 내려왔다고 칭찬을 해준다.

또 다른 상황은 서랍을 계속 여는 아이가 있다. 그러면 그 아이에게 다가간다. 내가

바구니에 들어가는 모습

휴지 뽑기 놀이

아이에게 다가가는 이유는 위험한 상황을 미연에 방지하기 위해서이다.

"문을 여니까 뭐가 있어? 가방도 있고, 옷도 있네. 이제는 어떻게 할까?"

라고 하면서 아이가 문을 닫아보도록 한다. 문을 닫았다가도 다시 열고, 닫았다가도 다시 연다. 그러면서 손을 다칠까 문을 닫으면서 눈을 깜박이는 아이의 모습을 관찰할 수 있다. 아이도 아는 것이다. 위험할 수 있다는 것을. 아이가 다치지 않도록 나는 아이 옆에 다가가 바라보면서 상호작용을 한다.

아이가 휴지를 뽑는다면?

"안 돼."라고 말하기보다 "휴지가 나왔네. 휴지를 뿌려볼까? 와! 하얀 눈이 내리는구나."하며 놀이 후에 휴지를 모아 나중에 무엇인가 흘렸을 때 닦는 용으로 사용하는 것도 좋다.

옷을 스스로 입으려고 하는 아이도 있다. 이때는 "옷을 혼자 입어보고 싶구나. 여기에 발을 넣는 거야. 발을 넣어볼까?"라며 아이가 스스로 할 수 있도록 기다려준다.

하지만, 어떤 상황에서는 아이가 스스로 하는 것을 기다려 줄 수 없다. 빨리 나가야 하거나 다른 아이를 봐주어야 하는 상황이 오면 아이에게 이렇게 이야기를 한다.

"지금은 선생님이 친구를 봐주어야 하니까 선생님이 먼저 해줄게. 다음에 다시 한번 해보자." 또는 "지금은 나가야 해서 선생님이 먼저 해줄게. 다음에 다시 해보자."라고 이야기를 하면서 기다려 줄 수 없는 상황임을 알려준다. 대신 그 후에는 아이에게 기다려줘서 고맙다고 이야기를 한다.

부모가 보기에는 별것 아닌 것에 아이가 떼쓰는 것 같지만, 아이는 그러면서 자신을 알아가고 성장하고 있다. 스스로 시도하고 시행착오를 겪으며 원리를 터득하고, 성공하면 만족감을 느끼고, 자신감도 함께 얻어서 또 다른 것에 도전해보는 용기를 갖게 되는 것이다. 영아기 때부터 새로운 것에 도전해보고, 스스로 해보는 아이는 유아기가 되어서도 스스로 여러 가지 방법을 시도해보고, 학교에 입학해서도 자기 주도적인 아이가 된다. 하지만 엄마가 먼저 해주는 순간, 아이는 이 모든 기회를 빼앗겨 버리는 것이다.

부모는 아이를 너무 어리게만 보고 있어서 모든 것을 부모가 해주어야 할 것 같다고 생각한다. 하지만, 아이를 자주적이고 자립심 있게 키우기 위해서는 어려서부터 아이가 스스로 할 수 있는 기회가 주어져야 한다.

이 과정이 엄마에게는 쉽지 않다. 인내라는 기다림의 시간을 거쳐야 하기 때문이다. 육아하면서 가장 힘든 것은 "기다림"이라고 생각한다. 내가 하면 빠르게 하는 것을 아이가 할 때까지 기다리는 것은 그야말로 정말 힘든 일이다. 하지만, 아이를 생각하면 엄마는 힘들어도 기다려 주어야 한다. 아이를 기다리는 동안 아이만 바라보지 말자. 아이가 집중하는 동안 옆에서 엄마도 잠깐의 시간을 이용해 주변 정리를 하는 등의 시간으로 활용한다면 아이를 기다려주는 것이 조금은 쉬워질 것이다.

엄마의 자투리 시간도 확보하고, 아이에게는 허용의 기회를 주는 일석이조의 육아를 해보자.

02

틈새 시간 찾아내기

"해야 할 일은 많은데 시간이 부족하다." 아마도 우리가 가장 자주 하는 말이 아닐까? 거기에 육아까지. 생각만 해도 하루가 너무 빡빡하고, 시작도 하기 전에 지친다. 직장 맘이면 직장 맘대로, 전업 맘이면 전업 맘대로 하루하루의 빡빡한 일정 속에서 아이에게 집중하며 육아하는 방법은 없을까? 어린이집은 3년에 한 번씩 평가인증을 한다. 지금은 평가인증이 많이 자리 잡았고 안정화되어 있지만, 평가인증 초기에는 평가인증이 끝나는 날까지 서류 정리하느라 내 일상은 없었다. 처음 평가인증을 할 때, 아침에 아이가 자는 모습을 보고 출근하고, 막차 시간까지 일하고 집으로 돌아오면 아이는 곤히 잠들어 있었다. 아이가 자는 모습을 보고 출근하고, 퇴근하고 와서도 아이가 자는 모습만을 보는 엄마의 심정! 내가 가장 사랑하고 보듬어주어야 할, 내 아이는 엄마의 일 때문에 뒷전으로 밀려나 있었다. "내 아이는 키우지 못하면서 다른 아이들을 돌보는 것이 맞는 것일까?"라는 고민을 수없이 많이 했었다. 하지만 나의 커리어도, 수입도, 내 아이도 포기할 수는 없었다. 어떻게 하면 좋을까 고민을 많이 했다. 그리고 찾은 방법은 「틈새 시간 활용」이었다.

학교 다닐 때 공부에 대한 틈새 시간도 잘 찾지 못했던 내가 육아에서 틈새 시간을 찾을 수 있을까 하는 걱정이 앞섰지만, 그렇다고 상황을 그대로 둘 수는 없었다. 일단은 주말과 조금이라도 일찍 퇴근하는 날 틈새 시간을 찾기로 했다.

내가 찾은 틈새 시간은 저녁밥을 먹는 시간, 아이 샤워시키는 시간, 아이가 응가 하는 시간, 그리고 잠자는 시간이었다.

다른 시간은 이해가 되는데 웬 응가 하는 시간이냐고?

내 아이는 4세까지 변비가 엄청 심했다. 며칠에 한 번씩 응가를 하는데, 응가 할 때는 문 뒤에 숨어 1시간 정도를 혼자서 끙끙거리며 땀을 비 오듯이 쏟아내고 난 뒤에야 응가에 성공했다. 1시간, 말이 한 시간이지 옆에서 보고 있으려면 얼마나 안쓰러운지. 아이도 힘주는 모습을 보이기 싫은지 항상 응가 할 때는, 문 뒤에 숨어서 아무도 오지 못하게 하고 응가와 혼자만의 외로운 싸움을 했다. 옆에서 너무 안쓰러워 뭐라고 해주고 싶은 마음에 멀리서라도 "태훈아, 응가 할 수 있어. 잘하고 있어. 조금만 더 힘줘볼까?", "엄마랑 같이 힘주자, 응가, 응가!"하며 걱정하지 말라고 계속 이야기를 해주었다. 응가에 성공한 뒤에는 안아주면서 "정말 잘했어. 우리 아들 고생했어. 이제 뱃속이 시원해졌겠다. 축하해"라고 하면서 아이의 응가 성공을 함께 축하해 주며아이에게 엄마, 아빠가 항상 든든하게 뒤에 있다는 것을 느끼게해주었다.

잠자는 시간을 아이와 함께 책을 읽는 시간으로 활용하는 엄마들이 많을 것이다. 나도 잠자기 전에 아이에게 책도 읽어주고, 이런저런 이야기도 많이 하였다. 그러다 잠자리에 누우면 항상아이의 손을 잡아주었다. 손바닥에 그림을 그리며 간질이기도하고, 손가락을 꼬물꼬물 만져주면 아이는 그 느낌을 참 좋아했다. 그래서인지 껴안고 자는 것보다도 손을 잡는 것을 더 좋아했다. 지금은 중학생인 아들이 초등학교 때까지는 잠자면서 엄마, 아빠 손을 잡고 자는 것을 좋아했다. 손을 잡고 있으면 마음이편안해진다면서.

저녁 먹을 때는 음식 이야기도 해보았지만, 편식이 심했던 아이는 장난감을 가지고 놀며 밥 먹기를 좋아해서 밥을 먹으며 장난감 놀이도 같이해보고, 캐릭터의 특징에 관해 이야기하면서 아이와 유대감을 가지려고 하였다. 캐릭터 이야기를 많이 해서일까, 지금은 건담을 무척 좋아한다. 건담 이야기를 하면 너무 신나서 끊임없이 이야기하는 아들이 사춘기를 잘 보내고 있고, 대화가 단절되는 것을 방지하고 싶은 마음에 요즘에도 건담 이야기를 열심히 들어주고 있다.

"밥상머리 교육"이 중요하다고 한다. 밥을 먹으면서 인성과 예절을 배우는 밥상머리 교육. 하지만, 나는 아이에게 엄하게 할 자신도 없고, 예절을 지키라고 다그치기도 싫었다. 밥을 먹는 식사 시간을 우리 가족의 대화 시간으로 조금이라도 더 활용하려고 하였다.

샤워하면서는 거품 놀이나 장난감을 가지고 놀이를 하였고, 주말 외출할 때는 승용차보다도 큰 차인 버스를 좋아했던 아들과 버스에 앉아서 이런저런 자동차 모양 이야기, 아이가 좋아하는 차 종류 이야기를 하며 함께할 수 있는 짧은 시간을 나의 틈새 시간으로 활용하였다.

나의 틈새 시간 찾기는 거창한 것이 아니었다. 이것이 정말 틈새 시간 활용이냐고 생각할 정도로 우리 엄마들도 다 활용하고 있는 방법일 것이다. 다만, 짧은 시간이라도 아이가 좋아하는 것, 아이의 감정을 함께 느끼려고 노력했다. 바쁜 일상을 살아가는 우리 부모에게는 잠깐의 시간에 집중하는 것이 필요하다.

"이따가", "주말에", "신랑 오면"이라고 하지 말고, 지금 당장 잠깐이라도 우리 아이에게 집중해 주자. 짧은 시간이지만, 자주 아이에게 집중하면 아이도 "엄마는 항상 나를 생각하는구나", "엄마는 언제나 내 옆에 있어"라고 느낀다. 성인인 우리도 내 이야기에 귀 기울여 주는 사람에게 더 정이 가지 않는가? 아이에게 특별한 것을 해주는 것도 좋지만, 틈새 시간을 활용해 잠깐씩이라도 자주 일상을 함께해 주고, 아이의 생각을 함께 공유하며 아이에게 엄마, 아빠는 항상 너에게 관심이 많고, 네 뒤에 든든하게 있다고 느낄 수 있도록 해주자. 어릴 때는 잘 몰라도, 아이가 성장할수록 이렇게 짧게, 그리고 자주 함께했던 시간이 빛을 발할 것이다.

오늘부터 나의 틈새 시간을 찾아보자.

시크릿 그림책 놀이법 :
그림책 함께 읽으며 마음 읽기

　　　　　우리 아이가 3세였을 때 주말의 어느 날, 나는
집안일을 하고 아이는 블록 놀이를 하고 있었다. 집안일을 마친
후 아이와 놀아야겠다는 생각이 들어 아이에게 다가갔다. 블록
놀이를 하는 아이에게 어떻게 다가갈까 고민이 되었다. "블록
놀이를 같이할까? 잘 놀고 있는데 그냥 둘까?"고민하던 사이 아
이는 블록을 내려놓고 나에게 다가온다. 아이의 블록 놀이 집중
시간이 끝난 것이다. 아이와 무슨 놀이를 해야 할까 고민을 하다
가 옆에 있던 그림책 한 권이 눈에 들어왔다. 그 당시 아이가 매
일 보고 또 보던 그림책인 「손가락 토끼」였다. 잘 됐다 싶어 아
이를 무릎에 앉히며 "엄마랑 손가락 토끼 볼까?"하니 아이가 가
만히 무릎에 안겨서 그림책을 보며 손가락으로 그림책 표지를
가리킨다. "응, 태훈 이가 좋아하는 손가락 토끼가 여기 있네."

라면서 책을 읽기 시작하자 아이는 그림책에 집중했다. 책 후반에 손가락 토끼가 잡히는 장면이 나오기 직전의 페이지에서 아이는 이미 이야기를 예상하고 기다리고 있었다. 그러다 그 장면을 마주한 순간, 두 손을 들었다가 손을 주먹 쥐면서 그 장면을 표현한다. "맞아, 손가락 토끼가 잡혔네. 어디 있지?"라고 하니 아이가 손가락으로 책장을 넘긴다. 이렇게 아이와 그림책으로 자연스럽게 소통이 시작되었다.

아이가 조금 더 커서는 그림책 놀이도 해보았다.

「구름빵」이라는 책을 함께 읽은 후에 집에 있는 비닐봉지와 빨대를 이용해서 구름빵처럼 부풀린 다음 손으로 치면서 공중에 띄워보았다. 책 속에서 아이들이 둥실둥실 떠다니는 것처럼 표현할 수 있었다.

어린이집에서도 자유 선택 놀이 시간에 보면, 할 놀이를 찾지 못하고 교실을 배회하는 아이가 관찰될 때가 있다. 이때는 아이에게 다가가 "선생님이랑 그림책 볼까? 무슨 책을 보고 싶어?"라고 물으면 아이가 그림책을 골라온다. 아이와 편안하게 앉아서 그림책을 읽다 보면 어느새 내 주변에는 우리 반 아이들이 모여서 함께 이야기를 듣는다.

10년 넘게 어린이집 교사로 지내는 나도 아이에게 무작정 다가가 "우리 이거 가지고 놀까?"라고 하면 아이들은 관심을 잘 보이지 않지만, 그림책으로 접근을 하면 보다 더 쉽게 아이들의 관심을 끌 수 있다.

그림책 육아라고 들어보았는가?

그림책을 읽고 그와 관련된 놀이로 확장하는 것! 그것이 그림책 육아이다. 이렇게 그림책은 아이들과의 공감대를 형성하면서 쉽게 놀이를 끌어낼 수 있는 매체가 된다.

어떤 그림책을 아이와 보는 것이 좋을까?

정답은, 내 아이가 좋아하는 책이다. 아이가 평소 자주 꺼내서 보거나, 자주 읽어달라고 가져오는 책이 있다면, 그 책이 아이가 좋아하는 책이다. 하지만, 아이가 좋아하는 책을 모르겠다면, 걱정하지 마라. 어린이집에서 아이들을 보육하면서 터득한, 많은 아이가 좋아하는 책을 부록에 정리해보았다.

그림책은 그림과 글이 합쳐진 책이다. 아이들은 신체의 오감을 이용하여 그림으로 먼저 이해하기 때문에 그림책을 통한 놀이는 사회, 언어, 인지, 정서, 신체, 기본생활 등 아이의 모든 영역을 두루두루 발달시킬 수 있는 좋은 도구이다.

그리고 아이에게 쉽게 접근할 수 있는 방법 중 하나가 그림책이다. 그림책을 활용하면 아이와의 놀이, 애착, 심리적 유대감을 훨씬 더 편하고 쉽게 만들어갈 수 있다.

요즘은 지역마다 어린이 도서관이 너무 잘 운영이 되고 있다. 그림책뿐만 아니라 여러 가지 다양한 프로그램도 진행되고 있어 아이에게 다양한 경험을 줄 수 있는 장으로 변화하고 있다. 아이

구름빵 그림책 함께 보기

비닐봉지로 구름빵 캐릭터 만들기

가 너무 좋아하는 책이라면 사주어도 좋지만, 한번 정도 보여주고 싶은 책이 있다면 도서관을 이용하면서 아이에게 다양한 경험의 기회를 제공해 주는 것도 좋을 것이다. 비싼 장난감도 좋지만, 한 권의 그림책으로 우리 아이와 함께 읽고 놀이를 하며 더 많은 대화, 더 많은 스킨십으로 아이와의 관계를 더 긴밀하게 유지해보는 것은 어떨까?

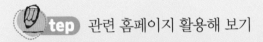 **tep** 관련 홈페이지 활용해 보기

동원육영재단 책꾸러기
https://www.iqeqcq.com/applybook/recommend

미래사회의 인재 육성을 위해 동원그룹에서 사회 공헌활동을 하는 곳이다.

만 6세 이하의 자녀가 있는 부모라면 누구나 신청 가능하다.

신청 후 당첨이 되면, 매달 그림책 한 권씩, 1년간 12권의 책을 무료로 받아 볼 수 있다.

또, 부모들이 이곳에서 받은 책으로 아이와 했던, 책 놀이 활동들을 많이 올려놓기 때문에 책 놀이의 팁도 알아볼 수 있는 곳이다.

이달의 그림책 란에는 육아서 포함 매달 20권 정도의 책이 추천되기 때문에 당첨되지 않더라도, 어떤 그림책을 선택할지 모르겠다면 이곳을 활용할 수도 있다.

북 스타트 코리아
https://bookstart.org:8000/

"책과 함께 인생을 시작하자"라는 모토를 가지고, 북 스타트 코리아와 지방자치단체가 함께 펼치는 지역사회 문화 운동 프로그램이다.

아이가 태어나면 1년에 1번씩 신청하여 무료로 책 꾸러미 선물을 받아볼 수 있다.

신청 시기와 받는 시기는 지역마다 다르기 때문에 북 스타트 코리아 사이트에서 지역별 책 꾸러미 받는 곳을 확인하고 문의하도록 하자.

리틀코리아

http://www.littlekorea.co.kr/sub/main.html

아이들에게 책을 읽히다 보면 전집이 필요한 경우가 생긴다.
하지만, 전집의 가격이 만만치 않고, 내 아이가 그 책을 좋아할지 알 수도 없다.
이럴 때 사용해볼 만한 전집 대여 사이트이다.
유료로 이용 가능하다.
많은 수의 전집을 보유하고 있기 때문에 전집을 사기가 부담스럽고 아이에게 다양한 전집을 보여주고 싶다면 이용해 볼 만하다.

개똥이네

http://www.littlemom.co.kr/

전집 중고 사이트이다.
아이가 좋아하는 전집이 있다면 중고로 저렴하게 구매할 수 있다.
핫 덤핑으로 새 책을 저렴한 가격에 판매하기도 한다.

내 아이의 대표 기질 파악 비법

내가 유아반 담임을 하던 시절, 우리 어린이집에 0세 반이 있었다. 그때 당시 나는 내 아들 이후로 그렇게 어린 아기는 처음이었다. 우리 어린이집 0세 반에는 생후 3개월의 어린 아기 2명이 있었다. 나를 놀라게 한 것은 두 명의 아기가 표현 방법이 너무 달랐다. 태어난 지 3개월밖에 안 되었는데, 달라도 뭐 얼마나 다를까 했는데, 아니었다. 너무 달랐다. 한 명의 아기는 먹는 양도 적었고 한 번 울면 어린이집이 떠나가라 울었고, 자주 울었다. 다른 한 명의 아기는 먹는 것도 잘 먹고, 잠도 잘 자고, 우는 소리를 거의 들을 수가 없었다. 왜 이런 차이가 나는 것일까? 이것은 바로 아이가 태어날 때 타고나는 기질이 다르기 때문이다.

기질은 무엇일까?

표준국어 대사전에 보면 "자극에 대한 민감성이나 특정한 유형의 정서적 반응을 보여 주는 개인의 성격적 소질"이라고 되어있다.

그렇다면 성격이란 무엇일까?

성격에 대해서는 "환경에 대하여 특정한 행동 형태를 나타내고, 그것을 유지하고 발전시킨 개인의 독특한 심리적 체계. 각 개인이 가진 남과 다른 자기만의 행동 양식으로, 선천적인 요인과 후천적인 영향에 의하여 형성된다."라고 되었다.

기질은 선천적으로 타고나는 것이고, 성격은 자라는 환경에 영향을 받아 형성되는 것으로 기질은 변할 수 없다. 따라서 변할 수 없는 기질을 바꾸려 하지 말고, 아이의 기질에 맞추어 육아를 하는 것이 아이도, 엄마도 가장 편안한 육아라고 할 수 있다.

기질은 Thomas and Chess에 의해 순한 기질, 까다로운 기질, 더딘 기질 3가지 유형으로 나누어진다.

순한 기질(Easy Child)

단어 그대로 아이가 순하다. 아이의 하루를 보면 하루의 패턴이 대체로 규칙적이고, 전반적으로 기분이 좋은 상태를 유지한다. 배변 훈련을 쉽게 하고, 잠도 잘 자고, 수유 시간도 규칙적이며 새로운 경험과 낯선 환경에서도 호의적이다.

까다로운 기질(The Difficult Child)

까다로운 기질의 아이는 순한 기질의 아이와 반대이다. 하루 일과의 패턴이 불규칙적이어서 밤에 잘 자지 못할 수가 있고, 수유나 낮잠의 스케줄이 자주 바뀔 수 있다. 불규칙적인 배변으로 배변 훈련이 어려울 수 있으며 새로운 환경을 받아들이기 어려워하고, 기분이 불쾌한 경우가 많아 욕구가 좌절할 경우 반응을 강하게 보인다.

더딘 기질(The Slow to Warm Up Child)

더딘 기질의 아이도 까다로운 기질의 아이처럼 새로운 환경에 불편함을 느끼지만, 느리게라도 적응을 한다. 부정적인 표현 또한 느리게 표현되는 경우가 많으며, 수면 및 배변 등의 일상생활은 까다로운 기질의 아이보다는 규칙적이지만, 순한 기질의 아이보다는 불규칙하다. 더딘 기질의 아이는 상점이나 친구들 모임에 가면 엄마 옆에 조용히 붙어 있는 경우가 많다.

어린이집에서 여러 명의 아이와 교실에서 활동하다 보면, 아이들은 서로 다른 기질을 가지고 있음을 느낄 수 있다. 그렇기에 모든 아이를 똑같이 대할 수 없다. 아이마다 타고난 기질을 파악하고 그것에 맞게 아이의 개인차를 고려하여 아이에게 다가가야 한다.

내 아이는 더딘 기질을 가지고 있었다. 바쁜 현대사회에서 더딘 기질은 부모를 답답하게 만든다. 하지만, 기질은 부모의 유전적 영향을 받는다고 한다. 나의 어린 시절을 돌아보면, 나 또한 더딘 기질의 아이였던 것 같다. 겉으로는 잘 따라가고 적응하는 것 같아도 속까지 적응하기에는 시간이 많이 필요했던 아이. 그래서 누군가가 나를 다그치면 나는 더 움츠러들고, 실수도 더 하는 모습을 보이고 스트레스도 많이 받았었다. 그렇기에 부모가 되어 내 아들을 볼 때 아이를 다그치지 않고 기다려주려고 애를 많이 썼다. 내가 더딘 기질이었음에도 내 아이의 더딘 기질을 보는 것이 왜 그리도 힘들던지. 하지만, 아이를 위해서 아이의 마음이 다치지 않았으면 하는 마음에서 노력했었다.

과연 기질에 맞는 육아법은 따로 있는 것일까?

그렇다! 내 아이가 어떤 기질을 가졌는지 관찰하고 부모인 나의 기질을 되짚어본다면, 아이에게 맞는 육아 방법을 찾을 수 있다. 순한 기질을 가진 아이는 하루의 생활패턴이 안정적이며 잘 놀고, 울어도 잘 달래지기에 부모가 비교적 수월하게 양육을 할 수 있다. 그러나 아이가 너무 잘 논다고, 아이가 보채지 않는다고 하여 아이에게 관심을 덜 갖게 될 수 있다. 첫째 아이는 순한 기질인데, 둘째 아이는 까다로운 기질이라면. 이때, 부모는 둘째에게 더 많은 관심을 보이기 때문에 상대적으로 첫째는 관심을 덜 받게 된다. 하지만, 모든 아이는 부모의 관심이 전적으로 자신에게 오기를 원하기 때문에 이럴 경우, 아이는 스트레스를 받고 떼를 쓰거나 예민하게 반응을 할 수도 있다. 동생의 출생뿐만 아니라 주 양육자가 바뀌거나 이사를 하는 등의 환경변화나 다른 큰 스트레스는 일시적으로 순한 기질의 아이가 예민하게 반응을 보일 수 있으므로 아이가 불편해하는 것은 없는지 항상 관심을 가지고 관찰하는 것이 중요하다.

까다로운 기질의 아이는 작은 변화에도 예민하게 반응하므로 아이가 울거나 떼쓰면 아이가 불편해하거나 힘들어하는 것이 무엇인지부터 파악해서 문제를 해결해 주어야 한다. 예를 들어, 내 아이가 청각이나 촉각에 예민한 아이라면 환경의 변화를 고려해 주는 것이 좋다. 아이를 훈육해야 하는 경우에도 까다로운 기질의 아이는 양육자의 강하고 거친 훈육에 더 과격하게 반응을 보일 수 있으니 부드러운 통제를 통해 아이를 진정시키도록 해야 한다.

더딘 기질의 아이는 느긋하게 기다려주는 것이 필요하다. 언어나 사회성이 조금 느려도, 반응을 조금 더디게 보여도 조급해하지 않고 아이의 속도를 존중하며 기다려 주어야 한다. 훈육 시에도 아이를 다그치기보다는 여유를 가지고 알려주고 지켜봐 주는 것이 도움이 된다.

어떤 기질은 좋고, 어떤 기질은 나쁘다는 것은 없다. 기질마다 장단점은 분명히 있다. 아이의 기질을 파악하지 못하면 다른 아이와 나의 아이를 끝없이 비교하며 "내 아이는 왜 이럴까"라는 생각에 부모는 부모대로 육아가 힘들고, 아이는 아이대로 인정받지 못하니 자기 신뢰감이 낮아질 수 있다. 내 아이가 어떤 기질을 가졌는지를 잘 파악해보자. 아이의 기질 파악으로 아이의 반응에 어떻게 대응을 해야 할지가 좀 더 명확해지면, 육아를 조금은 수월하게 할 수 있다. 아이 또한 부모의 적절한 반응에 자신의 존재를 믿고 지지하는 "자기 신뢰감"을 가지고 자신의 기질적 장점을 키워갈 수 있다.

육아의 시작은 관찰

아이를 낳고 1년은 우왕좌왕했다. 아이가 울면 왜 우는지 몰라 답답함에 함께 울기도 하고, 꼬물꼬물 아이가 움직이는 모습을 보고 있으면 너무 예뻐서 아기 낳기를 잘했다고 스스로를 위로하기도 하면서, 울다가 웃다가를 반복한 1년이었다. 그러던 어느 순간 아이가 울면 왜 우는지 이유를 알게 되었다. "배가 고파서 우는구나", "졸려서 우는구나", "응가를 했구나.", "더워서 우는구나" 하면서 아이가 우는 이유를 알게 되었다. 드디어 나도 아이의 욕구를 파악할 수 있는 엄마가 되었다며 좋아했던 기억이 있다. 그때를 돌아보았다. "내가 어떻게 아이의 욕구를 알아차리게 되었지?"라고 말이다.

정답은 바로 「관찰」이었다.

어린이집 일과 육아로 지쳤던 주말. 피곤함에 누워서 아이의 놀이 모습을 보고 있었다. 블록을 일렬로 길게 줄을 세우고 흐트러지면 다시 줄을 세우며 놀이를 한다.

"와, 차와 블록이 차례대로 줄을 서 있네. 어디 가는 거야?"

"빠방, 주차."

"자동차들이 주차했구나. 자동차들이 졸리면 잘 수 있겠다."

라고 이야기를 하며 쉬었던 적이 있었다. 아니, 나는 쉬면서 아이를 관찰하고 있었다.

아이의 놀이 모습을 관찰하며 주차장이 있으면 좋겠다 싶어 블록으로 자동차 주차장을 만들어주었다. 이후 아이의 자동차 놀이 방법은 더 다양해졌다.

유난히 큰 차를 좋아했던 아이와는 타보지 않은 번호의 버스를 타고 버스 투어도 하고, 약속이 있어 나갈 때는 지하철을 타면서 지하철과 지하철역을 탐색하며 이야기하는 시간을 만들어갔다. 이렇게 할 수 있었던 것은 아이의 모습을 관찰했기 때문이었다. 관찰은 놀이뿐만이 아니라 아이가 좋아하는 음식은 무엇인지, 언제 가장 졸려 하는지, 졸음이 올 때나 배가 고플 때 어떻게 표현을 하는지, 원하는 대로 되지 않을 때는 어떻게 표현하는지도 알 수 있어서 육아를 조금이라도 쉽게 할 수 있다.

어린이집에서도 정기적으로 한 명 한 명 아이들의 영역별 관찰일지를 작성하기도 할 정도로 아이들을 관찰하는 것은 보육의 기본 중의 기본이다.

아이와 지하철, 버스 타기 놀이

아이를 관찰하면 좋은 점이 무엇이 있을까?

첫째, 아이가 무엇을 좋아하 는지 알 수 있다.

장난감 중에서도 자동차를 좋아하는 아이도 있고, 인형 을 좋아하는 아이도 있고, 유독 소꿉놀이를 좋아하는 아이, 책을 좋아하는 아이, 소리에 민감하게 반응하여 노래를 잘 외우는 아이, 말하기를 좋아하는 아이, 퍼즐 맞추기를 좋아하는 아이, 블록 놀이를 좋아하는 아이, 공룡을 좋아하는 아이 등 아이마다 좋아하는 놀이가 다르다.

아이가 좋아하는 것이 무엇인지 알았다면, 엄마는 아이에게 엄마의 놀이 방법을 유도하거나 강요하지 않아도 된다. 아이가 좋아하는 장난감을 먼저 제시하면서 아이가 놀이를 활발하게 하도록 돕고 놀이 방법을 확장시키면 된다. 아이는 자신이 좋아하는 놀이를 엄마와 함께한다는 것만으로 행복감이 높아진다. 엄마는 같은 장난감일지라도 매일매일 다르게 놀이하는 아이의 창의력에 감탄하는 날이 올 것이다.

둘째, 아이의 짜증에 빠르게 대처할 수 있다.

아이의 놀이 모습을 관찰하다 보면, 아이가 같은 부분에서 짜증을 내거나 우는 모습을 발견할 수 있다. 블록 놀이를 좋아하는 아이인데, 블록을 쌓다가 무너지면 우는 아이가 있다. 그때는 블록이 무너져 아이가 울 것 같다 싶으면 엄마가 바로 블록을 한두 개 쌓으면서, "블록이 와르르 무너졌네. 우리 다시 쌓아보자! 와, 점점 높아진다."라고 살짝 오버하여 말해주면 아이는 울려다가도 다시 놀이에 집중한다. 이와는 반대로 블록이 무너지는 상황에 까르르 웃으며 재미있어하는 아이도 있다. 이때는 "와, 블록이 와르르 무너졌다. 다시 쌓아서 쓰러뜨려 볼까?"라고 하거나 블록이 쌓여 있을 때, "하나, 둘, 셋"하며 블록을 무너뜨리면 아이가 까르르 웃으며, 아이도 셋을 셀 때까지 기다렸다가 블록을 넘어뜨리며 즐겁게 놀이를 이어가는 방법도 있다.

노래 듣는 것을 좋아하는 아이라면, 아이가 피곤해하는데 잠을 재우거나 편안하게 심신을 유지해 줄 수 없는 상황에 있을 때, 아이가 좋아하는 노래를 틀어주어 아이의 관심을 노래에 집중하게 하여, 아이의 피곤함을 잠시 달래줄 수도 있다.

반대로, 아이가 분명하게 싫어하는 물건이 있고 그것을 보았을 때 아이가 운다면, 아이가 싫어하는 것을 보이지 않게 하는 것만으로도 아이의 불안감과 짜증을 줄일 수 있다.

이렇듯 아이가 뭔가에 불만이 생겨 짜증을 내려 할 때, 아이가 좋아하는 것을 제시하거나 싫어하는 것을 소거시킴으로써 울려는 아이의 관심을 전환해 편안한 심리적 상태가 되도록 할 수 있다.

셋째, 아이와 쉽게 상호작용을 할 수 있다.

관찰을 통해 엄마는 아이가 좋아하는 것이 무엇인지, 싫어하는 것이 무엇인지를 알았다. 그것을 통해 아이와 이야기를 시도하거나 놀이를 유도할 수 있기 때문에 쉽게 상호작용을 할 수 있다. 아이를 관찰하다 보면 "이것도 아이가 좋아할 것 같은데"라는 생각이 들면서 아이에게 먼저 제시를 해주어 아이의 사고력을 확장할 수 있고, "우리 엄마는 내 마음을 알아주는 좋은 엄마"라는 이미지도 심어줄 수 있다.

넷째, 아이와의 외출이 쉬워진다.

관찰을 통해 아이가 좋아하는 음식, 좋아하는 장난감, 책, 노래, 간식거리 등을 알게 되면 외출 시 아이가 좋아할 만한 것으로 가방을 챙긴다. 외출이 길어지면 집에 도착하기 전 아이가 피곤함을 느끼며 컨디션이 나빠질 수도 있다. 이럴 때는 가방에서 아이가 좋아하는 것을 꺼내 아이를 달랜다면 조금은 편안하게 집까지 도착할 수 있다.

우리는 새로운 사람을 만나면 그 사람이 어떤 성격인지, 무엇을 좋아하는지, 어떤 취미를 가졌는지를 관찰하며 가까워지려고 노력한다. 하물며 내 아이에게는 더하지 않겠는가?

아이의 모습을 관찰하자!

엄마가 하는 관찰은 어려운 것이 아니다. 아이와 놀다가 가만히 바라보기만 해도 관찰이 되고, 이것저것 먹이면서도 관찰이 된다. 재우면서 다양한 방법을 쓰면서도 관찰이 된다. 육아 자체가 관찰인 것이다. 아이와 함께 있는 시간에 엄마의 오감을 열어두기만 하면, 아이를 쉽게 관찰할 수 있다.

아이를 잘 키우고 싶다면, 아이와 즐겁고 행복하게 지내고 싶다면, 아이를 관찰하는 것에서부터 시작해야 한다. 아이가 무엇을 좋아하고, 무엇을 싫어하는지, 어느 시간대에 집중을 잘하는지 등 아이에 대한 관찰을 통해 육아를 좀 더 쉽게 할 수 있다.

아이 관찰을 통해 쉬운 육아를 하자.

PART
04

하루 10분 놀이,
기적의
행복 육아 시간

마법의 5단계 스킨십

어린이집에서 가장 난감한 상황일 때가 우리 반 아이가 울 때이다. 어린이집에서뿐만 아니라 집에서도 내 아이가 울면 왜 우는지 답답한 경우가 많다. 아이를 처음 낳아서 키우기에 모든 것이 다 힘이 드는 상황에서 말 못 하는 아기가 울면, 그 막막함과 답답함이란 모든 초보 엄마들은 공감할 것이다. 나 역시도 아이를 낳고 아이가 돌 되기 전까지는 울면 왜 우는지 몰라 갈팡질팡, 우왕좌왕하던 때가 있다. 안아서 달래도 보고, 흔들어주기도 하고, "오르르르, 까꿍"하며 여러 가지 방법을 써도 아이의 울음이 그치기는커녕 울음소리가 더 커질 때, 아이와 함께 나도 울었던 기억이 많다.

특히, 돌 전의 영아는 모든 불편함의 표현이 울음이기 때문에 아이가 왜 우는지 잘 파악하는 것이 중요하다. 아파서 우는 것인지, 배가 고파서 우는 것인지 아니면, 졸려서 우는 것인지, 우는 원인이 다양하다. 아이가 욕구가 있어서 울 때는 그 욕구를 채워주면 되지만, 조금씩 자기의 주장이 생기기 시작하며 아무 이유 없이 짜증이 나서 우는 경우, 엄마로서 속수무책이 될 수밖에 없다.

내 아이가 어릴 때는 나도 초보 엄마인지라 아이가 울면 그저 안아주고, 토닥여주고, 안고 걸어 다니는 것 외에는 다른 방법을 생각하지 못했다. 물론, 아이가 졸리거나 아파서 울 때는 상황이 나아지기 전까지는 방법이 없다. 하지만, 아이가 우는 상황에서 방법이 전혀 없는 것은 아니다.

어린이집에서 10여 년 동안 수많은 아이를 관찰하고 돌보면서 터득한 나만의 비법을 공유하고자 한다.

아이가 짜증 낼 때 많이 사용하는 방법으로 10분 정도의 시간으로 아이의 기분을 달래줄 수 있다.

〈아이의 울음도 멈추는 마법의 5단계 스킨십〉

1단계 : 아이를 안아준다.

2단계 : 아이를 무릎에 앉히고 아이의 손바닥에 나선형을 그린다. 이때, '아기 곰, 아기 곰, 산책을 가요' 라며 노래 부른다.

3단계 : 엄지손가락과 검지손가락으로 아이의 손바닥에서부터

팔꿈치까지 간질이며 올라간다.

이때, 아까 노래에 이어 '한 걸음, 두 걸음, 세 걸음, 네 걸음, 다섯 걸음' 하며 노래 부른다.

4단계 : 아이를 간질간질한다.

5단계 : 아이를 안고 뽀뽀를 한다.

아이가 안기기 싫어한다면, 아이를 엄마 앞에 앉히거나 눕혀서 해도 상관없다.

처음에는 계속 울던 아이가 몇 번 반복해 주면, 노래가 끝날 때쯤 손바닥을 펴고 또 해달라고 표현을 한다. 그때부터는 아이의 울음이 줄고, 간질일 때 웃기 시작한다.

영아의 경우, 아이가 울음을 그쳤다면 다른 곳에 관심을 갖도록 전환 시켜주는 것이 좋다. 아이가 좋아하는 장난감을 보여주며 엄마가 먼저 놀이를 한다거나, 책을 보여주거나 읽어주며 관심을 전환한다.

유아의 경우, 말을 할 수 있어서 아이의 기분이 조금 나아졌다면, 왜 울었는지 이유를 물어 그 상황을 해결해 주는 것이 좋다.

내 아이이기 때문에 안아주고, 토닥여주는 스킨십이 전혀 어색하지 않다. 그러나 가끔은 아이가 놀이하고 있을 때는 어떻게 다가가는 것이 좋을지 난감할 때가 있다. 이때, 전혀 어색하지 않고, 평상시에도 사용할 수 있는 방법도 있다.

〈아이를 웃게 하는 마법의 5단계 스킨십〉

1단계 : 아이를 똑바로 눕힌 후 다리를 마사지한다.
2단계 : 아이의 배를 마사지해준다.
3단계 : 아이의 겨드랑이까지 마사지해준다.
4단계 : 아이의 양쪽 팔을 마사지해준다.
5단계 : 아이를 일으켜 안아준다.

알고 보니 방법이 너무 간단해서 놀랐는가?

아이를 양육하는 것은 생각보다 쉽다. 단지 방법을 아직 모를 뿐이다. 육아의 상황을 너무 힘들게만 생각하지 않았으면 좋겠다. 힘들다고만 생각한다면, 그 상황에서 빠져나오지 못한다. 내가 어린이집에서 여러 시도 끝에 방법을 발견한 것처럼, 내 아이 우는 방법을 달래 줄 나만의 방법을 찾는다면, 나와 아이의 또 하나의 끈끈한 유대감이 형성된다. 10분 정도의 놀이, 이런 방법을 몇 가지만 찾아도 육아가 훨씬 쉬워진다.

집중 놀이 시간 만들기

살면서 무엇인가에 집중해 본 기억이 있는가? 어쩌면 당신은 어제까지도 무엇인가에 집중하고 있었는지도 모른다. 무엇인가에 집중하면 시간이 어떻게 흘러갔는지도 모르게 빠르게 지나가고, 내면에서는 즐거움과 뿌듯함도 함께 느껴진다.

아이도 어른처럼 집중을 할 수 있을까?

당연한 말이다. 아이가 집중하는 것은 다름 아닌 놀이이다. 아이에게 놀이는 학습이고, 나를 알아가는 과정이고, 세상을 어떻게 살아야 할지를 배우는 방법이다. 이렇게 아이에게 중요한 놀이가 부모의 눈에는 대단해 보이지 않기 때문에 부모는 아이에게 계속 뭔가를 제공하고, 함께 하려 하고, 지시하려고 하는 학습의 관점으로 보는 경우가 많다. 하지만, 아이들이 세상을 배우는 과정은 놀이로 표현되기 때문에 부모의 지나친 개입은 놀이의 재미와 집중도를 떨어뜨리는 결과를 가져온다.

 몰입을 잘할수록 그 분야에서 성공할 확률이 높다. 우리 아이에게도 놀이에 몰입할 수 있도록 집중 놀이시간을 만들어주도록 하자.

그럼 아이가 놀이에 집중하도록 어떻게 해야 할까?

1단계 : 탐색 시간을 주어라.

성인도 새로운 것을 보면 선뜻 만지지 않고 이리저리 새로운 물건을 살핀다. 아이도 마찬가지이다. 놀잇감을 처음부터 신나게 가지고 놀지 않는다. 탐색 과정을 먼저 거친다. 아이마다 개인차가 있어 새로운 것에 빨리 적응하는 아이가 있는 반면, 아주 천천히 새로운 것에 관심을 보이는 아이도 있다. 하지만, 모든 아이는 탐색 과정을 거친다.

아주 어린 갓난아기도 탐색 과정을 거친다. 갓난아기는 몸을 조절하는데 미숙하기 때문에 주로 자신의 몸을 탐색한다. 주먹 쥔 손을 빨았다가 바라보거나, 발을 잡고 빨았다가 바라보는 과정이 갓난아기의 탐색 과정이다. 이 과정을 거치며 손과 발이 내 몸의 일부라는 것을 알고, 조절할 수 있다는 것을 알게 된다.

 따라서, 아이가 새로운 놀잇감이나 환경에 적응할 수 있도록 충분한 탐색 시간을 주어라.

2단계 : 엄마는 아이에게 모델링이 되어라.

탐색을 마치고 나면 아이는 이것을 어떻게 가지고 놀까 생각을 할 것이다. 이때 엄마가 놀잇감을 가지고 놀이하는 방법을 보이면, 아이는 엄마를 관찰하고 모방을 한다. "모방은 창조의 어머니"라고 했다. 아이 옆에서 놀이 모습도 보여주고, 아이에게 맞장구를 치면서 함께 놀이하다 보면 어느 순간 아이가 엄마와 상호작용하는 빈도수가 줄어든다. 그러면 다음 단계로 넘어가자.

3단계 : 아이에게 혼자 놀이 시간을 허용하라.

"아이를 혼자 놀게 둔다고요?"

"그건 아이를 방치하는 게 아닌가요?"라고 묻고 싶을 것이다.

걱정하지 않아도 된다. "방치"와 "혼자 놀이"는 분명 다르다.

"방치"는 아이를 관리 없이 두는 것으로 아이에게 무관심한 것이다. 아이의 놀이 모습에 관심을 보이지 않고, 아이의 요구에도 반응하지 않는, 말 그대로 아이를 그냥 내버려 두는 것이다. 그러나 "혼자 놀이"는 다르다. 아이가 무엇인가에 집중해서 혼자 놀이를 한다면 엄마는 놀이에 개입하지 않고 옆에서 지켜보고 있으면 된다. 놀이하다가 아이가 엄마를 부르거나 엄마에게 무엇인가 해달라고 요구하면 그에 맞추어 함께 상호작용을 해주기만 하면 된다. 아이가 다시 놀이에 집중하면 엄마는 옆에서 아이의 놀이를 지켜보기만 하면 되는 것이다.

이때, 엄마는 육아에서 잠시 쉬는 시간을 갖는 것도 좋다. 비록 아이의 혼자 놀이 시간이 길지는 않지만, 육아에 대한 마음의 무게를 잠시 내려놓아 보자.

"혼자 놀이"는 아이의 집중 놀이 시간 중에서 가장 중요한 단계이다.

스위스의 장 피아제(Jean Piaget)는 인지발달이론에서 아이의 인지가 발달하는 과정을 동화와 조절, 평형으로 이야기한다. 새로운 지식이 들어오면 아이는 기존에 가지고 있던 지식에 맞추려는 동화작용이 일어난다. 하지만, 기존의 지식에 맞지 않으면 고민하며 기존의 지식과 새로운 지식의 차이를 알아가는 조절 작용이 일어나고, 이 과정에서 새로운 지식을 받아들이면 평형 상태가 이루어진다. 피아제의 인지발달이론은 동화와 조절, 평형의 과정을 통해 아이의 인지가 발달한다는 이론으로 "혼자 놀이"시 아이의 인지발달은 매우 활발하게 일어난다.

성인도 무엇인가에 집중하고 있을 때, 옆에서 누군가 다가와 방해하면 얼마나 귀찮은가? 아이도 집중하여 놀이하고 있을 때는 그 누구의 방해도 받아서는 안 된다.

아이가 "혼자 놀이"를 하면서 다양한 시도를 해보고, 상상의 날개를 펼 수 있도록 엄마는 아이 옆에서 따뜻한 눈빛으로 바라봐 주자.

아이의 혼자 놀이 시간은 아이도 놀이로 즐거운 시간이지만, 엄마도 육아의 행복을 느낄 수 있는 소중한 시간이 된다.

4단계 : 아이를 꼭 안아주자.

 혼자 놀이를 마친 아이는 엄마를 찾을 것이다. 그동안 잠시 휴식을 가졌던 엄마는 다시 힘을 내서 사랑스러운 내 아이를 꼭 안아주자. 아이는 엄마의 품에서 편안함과 행복, 그리고 놀이의 만족감을 느낀다. 엄마는 아이의 성장 모습이 대견하고 더 큰 사랑을 느끼는 순간이 된다.

"우리 아이는 혼자 놀이를 안 해요."라고 말하고 싶은 엄마도 있을 것이다. 하지만, 걱정하지 말자. 아이는 저마다의 개인차를 가지고 성장한다. 어떤 아이는 조금 빠르게, 어떤 아이는 조금 천천히 성장할 따름이다. 각각의 발달 영역에서도 개인차로 인해 성장의 발달 속도가 다를 뿐, 내 아이가 집중 놀이 부분이 부족하다고 걱정하지 않아도 된다. 분명, 다른 부분에서 여느 아이보다 빠른 발달 영역이 있기 때문이다. 아이가 놀이에 집중을 잘하지 못한다고, 집중 시간이 짧다고, 아이를 걱정의 눈빛으로 보는 것은 엄마들이 하지 말아야 할 행동이다. 내 아이를 믿고 차근차근 단계를 밟아 나가자.

아이가 주도하는 놀이하기

아이는 태어나면 누워서 응애응애 울기만 한
다. 엄마, 아빠가 다가와 안아주고 먹여주고 놀아주어야 한다.
그런 과정에서 엄마, 아빠를 알아가고 따뜻함을 느끼고, 세상이
안전하다고 믿는다. 그리고 그 믿음 속에서 세상을 배우기 위해
하나씩 시도하기 시작한다. 눈으로 무엇인가를 응시하기 시작하
다가 손을 뻗어 만져보려고 시도하고, 잡고 흔들어본다. 좀 더
시간이 지나면 목에 힘을 주기 시작하며, 뒤집기를 시도하고 앉
아 있을 수도 있게 된다. 앉는 것이 익숙해지면 다리에 힘을 주
기 시작하면서 물건을 잡고 일어서고, 마침내 두 발로 걸을 수
있게 된다. 아이가 태어나 1년이라는 시간 동안 부단히 연습에
연습을 하여 하나씩 성장해가는 모습은 정말 경이롭다. 어린이
집에서 매년 아이들이 같은 과정으로 성장하는 모습을 보지만,

볼 때마다 아이 개개인의 성장이 신기하고 기특하게 느껴진다.

이렇게 스스로 몸을 움직여 새로운 움직임들을 터득한 아이는 내 몸으로부터 다른 사람이나 사물에 관심을 돌리며 새로운 움직임도 시도한다. 우연히 알게 된 것을 반복해서 실험해보기도 하고, 울음에 엄마, 아빠가 어떻게 반응하는지도 살피며 세상을 알아간다. 하지만, 부모 입장에서는 내 아이가 항상 어리게만 느껴지고, 모든 것을 다 해주어야 할 것 같은 느낌이 든다. 심지어 놀이에서도.

하지만, 아이의 놀이 모습을 가만히 바라보자. 아이가 머릿속에서 무슨 생각을 하는지 너무 궁금해지고, 어떻게 이런 생각을 했을까 하고 놀랄 때가 한두 번이 아닐 것이다.

얼마 전 어린이집에서 2세인 아이들과 귤을 탐색하며 놀이하였다. 처음에는 귤을 만져보고 굴려보면서 귤의 외형을 탐색하다, 어느 정도 탐색이 끝나자, 귤껍질을 벗기려고 시도하였다. 귤을 반으로 잘라 주자 탐색이 더 활발해졌다. 귤의 알맹이가 보이자 아이들은 먹기도 하고, 손으로 꾹 눌러 귤즙을 짜며 본격적으로 귤 탐색을 시작하였다. 좀 더 다양하게 놀이했으면 하는 마음에 소꿉놀이 그릇들을 주자 그 안에 담았다가 빼기도 하고, 숟가락으로 떠보기도 하고, 소꿉놀이 칼로 쓱싹쓱싹 잘라보며, 다양하게 표현하였다. 그러다 한 아이가 벌떡 일어났다. 소꿉놀이 바구니로 달려가, 그 안에 있는 빵 모형의 놀잇감을 꺼내고 다시 돌아온다. 빵 사이에 귤을 넣고 샌드위치를 만드는 것이 아닌가! "어떻게 샌드위치를 만들 생각을 했지?", "어떻게 다른 소꿉놀잇감을 가져올 생각을 했을까?"라며 무척 신기해했던 일이 있다.

몇 년 전 4세 반 담임을 할 때였다. 자유 놀이 시간에 여자아이 2명이 큰 레고 블록으로 놀이를 한다. 위로만 쌓고, 서로 끼우기만 하던 아이들이었는데, 그날은 초록색 판 가장자리에 블록을 끼우더니 사람 블록을 넣어준다.

"우와, 이거 뭐 만든 거야? 사람이 여기에 있네?"라고 물어보니, "이거는 집이에요. 여기는 아가가 자는 방이에요."라고 하는 것이다.

"그럼, 아가가 잘 수 있게 이불을 덮어줄까?"라며 스카프를 덮어주었던 기억이 있다.

그날 너무 신선한 충격이었다.

"4세인데, 블록으로 구성물을 만들다니, 너희는 천재야!"라고 생각했다.

아이들의 놀이 모습을 보면 이 아이는 이 부분에서는 천재가 아닐까 하는 생각이 들 때가 종종 있다.

한 번은 7세 반 담임을 할 때였다. 이때는 프로젝트 활동을 진행했었다.

보통 어린이집에서는 교사가 주제를 선정하고, 그 주제에 맞는 활동을 계획해서 아이들과 함께 진행한다. 하지만, 프로젝트는 그동안 아이들의 놀이 모습을 관찰하면서 아이들이 좋아하는 주제를 찾아내고, 그 주제 하면 떠오르는 것을 아이들과 자유롭게 브레인스토밍을 하며 브레인스토밍에서 나온 단어를 비슷한 주제들끼리 묶은 후 그와 관련된 활동을 아이들과 함께 계획해서 진행하는 것이다. 아이들의 그때그때의 반응과 흥미에 교사가 빠르게 반응을 하고 대처하여 준비해야 하므로 프로젝트 활동이 쉽지는 않지만, 아이들은 스스로 능동적으로 놀이를 찾아서 할 수 있다는 믿음이 프로젝트 활동의 기반이기에 힘들어도 재미있게 했던 기억이 있다.

처음 프로젝트 활동을 시도했을 때는 걱정이 가득하였다.

"과연, 활동이 잘 진행될 수 있을까?, 흐지부지되어버리는 것은 아닐까?"하고.

하지만, 걱정과는 달리 아이들은 어느 때보다도 활동을 적극적으로 즐겁게 하는 모습이었고, 나에게 아이들이 다가와 주제 관련 이야기를 더 많이 하는 모습을 볼 수 있었다. 그때의 주제가 「시장」이었는데, 한 달 프로젝트가 끝난 후에는 아이들은 시장에 대해서는 박사들이 되어있었다.

앞에서 이야기한 예시들에서 내가 한 역할은 아이의 놀이를 관찰하다가 한 번씩 아이의 생각을 건드려 준 것뿐이었지만, 아이들은 주도적으로 놀이를 잘 이어갔다.

아이가 주도적으로 놀이하도록 하고, 엄마는 가끔 아이의 생각을 건드려만 주자.

인지발달 이론가 중에서 앞서 이야기한, 장 피아제 외에 구소련의 심리학자 레프 비고츠키(Lev Semenovich Vygotsky)도 인지발달이론을 제시하였다. 비고츠키는 근접 발달 영역과 비계설정이라는 것을 제시하였다. 근접발달영역은 아이가 주변의 도움 없이 스스로 문제를 해결할 수 있는 실제적 발달 수준과 주변의 또래나 성인의 도움을 받아 문제를 해결할 수 있는 더 높은 수준의 잠재적 발달 수준 사이의 영역을 의미한다. 아동이 실제적 발달 수준에서 잠재적 발달 수준에 이르도록 도와주는 것을 비계 설정이라고 하여 성인은 아이에게 비계 설정을 해주어야 한다고 하였다.

앞장에서 이야기했듯이 아이가 혼자 놀이를 하며 주도적으로 놀이를 하도록 환경을 만들어주면서, 엄마는 아이에게 "이렇게 하는 건 어떨까?"라고 하면서 가끔 새로운 아이디어를 주도록 하자. 아이의 인지가 더 빠르게 발달할 것이다.

아이에게 무엇인가를 자꾸 알려주고 주입하려고 하지 말자. 엄마의 주도에 아이가 놀이를 공부로 인지하기 시작하면 놀이에 대한 흥미를 잃고, 수동적인 아이로 성장을 하게 된다. 아이가 가만히 있어도 일단 지켜보자. 아이가 심심해할 것 같다고 이것저것 제공하지 말자. 심심한 틈 속에서 아이는 "무슨 놀이를 할까?"하고 주변을 탐색하고 놀이를 찾으며 두뇌에 창의성의 스위치가 켜진다. 아이들은 스스로 놀이를 찾을 때 더 능동적이고 활발하게 반응을 보이며, 더 오래 기억하고, 주도적으로 성장한다. 아이가 주도적으로 놀이할 수 있도록 하는 데에는 아이에 대한 부모의 믿음이 밑바탕에 자리 잡고 있어야 한다. 어릴 때부터 주도적으로 놀이하던 아이는 성장하면서 힘들 때 자기만의 방법을 찾아서 해결하는 힘이 생긴다.

아이가 성장함에 따라 부모도 함께 성장해야 한다. 아이가 성장할수록 아이에게 주도권을 더 많이 주어야 한다. 아이가 성장해도 모든 것을 엄마가 해주려고 하면, 내 자녀를 어린아이에 멈추도록 하는 것이다.

아이도 자기만의 생각을 가지고 있다. 아이들의 생각과 행동을 존중해 주어, 내 아이가 주체적으로 살아갈 수 있는 기틀을 어린 시기부터 만들어주자.

내 아이를 믿고, 기다려주자! 아이 삶의 주도성은 아이에게 주도록 하자.

04

하루 한 가지 놀이 탑 쌓기 :
놀이 유형 알아보기

앞에서 혼자 놀이와 집중 놀이에 관해서 이야
기하였다. 이런 놀이를 언제 하는 것이 좋고, 어떻게 배치하면
좋을까 엄마는 고민될 것이다.

아이와 놀이할 때 무작정, 이 놀이, 저 놀이 하는것이 아니라, 아
이의 컨디션과 기분에 따라서 좀 더 계획적이고 전문적으로 놀
이를 진행해 볼 수 있다.

어린이집에서 하루 일과를 계획할 때, 놀이의 공식이 있다. 놀이
의 유형을 크게 정적인 놀이와 동적인 놀이 2가지로 나눌 수 있
는데, 어린이집 놀이의 공식은 바로 정적인 놀이와 동적인 놀이
를 번갈아 가며 계획하는 것이다. 정적인 놀이를 했으면, 그다음
에는 동적인 놀이를 진행하고, 동적인 놀이를 했다면, 그다음에
는 정적인 놀이를 하는 것이다. 아이가 동적인 놀이로 활동량이

많아지고 기분이 너무 들떠 있다면, 차분하고 조용한 정적인 놀이로 잠시 가라앉혀주고, 차분하게 놀이를 하여 신체 움직임이 너무 없다면, 동적인 놀이로 신체 발달을 키워주는 것이다. 이렇게 놀이를 번갈아 가면서 하면 아이의 신체, 정서, 인지, 사회성의 모든 부분을 골고루 성장시킬 수 있다.

신체 움직임이 많지 않은 내 아이. 그리고 신체적으로 움직이는 것을 별로 좋아하지 않는 엄마인 나. 이렇게 둘이 집에 있으면 어떤 일이 벌어질까? 하루 종일 앉아 있거나 누워서 지낸다. 엄마인 나는 집안일한다고 몸을 움직이지만, 내 아이는. 내가 나서지 않으면 움직임이 너무 적다. 사부작사부작 혼자서 이것저것 하기 좋아하는 나는 특별한 일이 없으면 아이를 데리고 집 밖에 나가지 않는 날이 많았던 것 같다. 그러다 보니 어느 순간 아이가 너무 안쓰럽다는 생각이 들었다. 엄마를 잘 못 만나 재미있게 놀이도 못 하고, 이렇게 집에서만 있는 아이가 되어야 하나하고.

나의 경우와 반대로 신체 움직임이 많은 아이를 키우는 엄마라면, 아이의 움직임을 따라가기에만도 너무 버겁다고 느낄 것이다.

이럴 때 사용할 수 있는 방법이 정적인 놀이와 동적인 놀이를 번갈아 가며 하는 것이다.

나는 보육교사를 하며 배운 이 방법을 아이가 어렸을 때, 육아에도 적용해보았다.

나의 경우에는 평일에는 출, 퇴근하기 바쁘고, 퇴근하더라도 정시에 땡! 하고 나오지 못하면 집에서 아이와 잠깐이라도 같이 있는 시간을 만들기도 어려웠다. 평일에 아이와 함께 놀이하기는 나에게는 안드로메다 저 너머 다른 우주 이야기 같았다. 그래서 평일은 아이가 놀이하는 대로 그대로 두며, 집안일하면서 눈과 귀로 아이를 관찰하고 가끔 상호작용 정도만 해주는 날이 많았다. 아이는 평일에는 주로 혼자 놀이, 집중 놀이를 하였지만, 주말만 되면 눈떠서 눈을 감을 때까지 온종일 엄마를 찾았다. 시도 때도 없이 엄마인 나를 찾는 아이와 무슨 놀이를 할까 고민이 되는 건 나만이 아니라 모든 엄마도 마찬가지일 것이다. 전업주부라면 매일매일 무슨 놀이를 할까 고민이 많이 될 것이다. 이럴 때는 정적인 놀이와 동적인 놀이를 번갈아 가며 해보자. 차분하게 앉아서 놀이했다면, 공이나 신체 놀잇감으로 활동적인 놀이를 유도해보고, 신나게 뛰고 놀았다면, 책을 보거나 퍼즐을 맞추며 차분하게 앉아서 놀이하는 것이다. 집에서뿐만 아니라 실외에서도 정적인 놀이와 동적인 놀이는 번갈아 가며 할 수 있다. 놀이터에서 아이가 너무 뛰어놀아 잠깐의 휴식이 필요할 것 같다고 생각되면 잠깐 벤치에 앉아 물을 마시며 자연의 바람을 느끼며 몸을 쉬게 할 수도 있다.

정적인 놀이와 동적인 놀이의 구분으로 우리 아이의 기분을 최고로 만들어줄 수 있다.

그렇다면, 정적인 놀이와 동적인 놀이는 무엇일까?

단어에서 바로 느낌이 오겠지만, 간단히 정리하면 다음과 같다.

<동적인 놀이, 정적인 놀이>

놀이 구분	정의	놀이
동적 놀이	신체를 활발하게 움직이면서 하는 활동적인 놀이 특히, 신체의 대근육 발달과 사회성 발달을 기를 수 있다.	공놀이, 노래 들으며 율동하기, 물놀이, 산책하기, 체조하기, 이불 놀이, 달리기, 점프 놀이, 미끄럼틀 타기 등의 신체 놀이
정적 놀이	주로 앉아서 차분하게 진행되는 놀이 특히, 인지 발달, 신체의 소근육 발달을 기를 수 있다.	그림책 읽기, 끼적이기 또는 그림 그리기, 밀가루 반죽 놀이, 퍼즐 맞추기, 미술놀이, 조작 놀이, 만들기, 관찰하기, 편지 쓰기 등

주변에 보이는 놀잇감을 이용해 생각나는 대로 놀이하는 것도 좋지만, 그렇게 하다 보면 내 경우처럼 한쪽으로만 치우치는 경우가 생긴다. 아이의 모든 영역을 골고루 발달시키고 싶다면, 정적인 놀이와 동적인 놀이를 교차하는 간단한 방법으로 아이의 발달을 한 단계 업그레이드할 수 있다.

그러나 매일매일 정적인 놀이와 동적인 놀이를 고려해서 놀이하려고 하면, 엄마는 아이와 놀이하기도 전에 스트레스를 받을 것이다. 그럴 때는 아이의 컨디션과 기분에 따라 오늘은 정적인 놀

＊재활용 봉투를 이용한 실내에서의
동적인 놀이

＊밖에서만 할 수 있는 눈을, 집 안으로
가져와 정적인 놀이 해보기

이, 내일은 동적인 놀이 이렇게 해주어도 괜찮다. 아이가 다양한
놀이를 골고루 접하게만 해주면 된다. 놀이도 번갈아 가며 하다
보면 엄마의 입장에서도 놀이를 찾기가 한결 수월해진다.

오늘부터 내 아이와 하루 한 가지씩이라도 놀이의 종류를 다르
게 하여 나와 아이가 함께 하는 놀이의 종류를 탑처럼 쌓아보자.
몇 가지 놀이가 쌓이면 그 놀이를 반복하면서 좀 더 쉽게 놀이
육아를 할 수 있다.

05

사진 찍고 이야기 나누기

요즘은 스마트 폰으로 사진 찍기가 일상이 되었다. 예쁜 풍경을 사진 찍기도 하고, 중요한 자료를 사진으로 찍어 보관하기도 한다. 하물며 사랑스러운 내 아이의 모습을 사진으로 담기란 당연하다.

우리 집에는 6세까지의 아들 사진을 인화한 앨범이 있다. 태어나서부터 하나하나 움직이고 성장하는 모습이 얼마나 신기하고 기특한지, 연신 스마트 폰으로 사진을 찍었더랬다. 파일로만 가지고 있으면 사진을 잘 보게 되지 않아서 일 년에 한두 번씩 사진을 인화해서 앨범에 보관하였다. 그러다가 시간 날 때마다 또는, 어린이집에서 가족사진을 보내 달라고 할 때마다 앨범을 열어서 아들과 함께 사진을 보며 추억 여행을 떠났다.

너무 어릴 때의 사진은 아이가 잘 기억하지 못했지만, 그 이후는 나보다도 아이가 그때 상황에 대한 기억력이 좋다. 아들의 기억 속 이야기로 내가 추억을 떠나는 일들이 종종 있다.

부모인 우리는 가끔씩 어렸을 때의 사진을 보면서 추억에 잠겼던 경험이 누구나 있을 것이다. 과거에는 집마다 앨범이 있는 것을 당연하게 생각했는데, 지금은 앨범을 가지고 있는 집을 찾기가 어렵다. 사진을 스마트폰 속에서 잠 자게만 두지 말고, 아이에게 추억을 선물해 주자. 추억뿐만이 아니라 사진을 매개로 대화를 이끌어 아이와의 유대관계도 돈독해질 수 있다.

요즘은 어린이집에서 아이의 일과에 대해 앱을 통해 부모님과 소통하는 경우가 많아졌다. 그러다 보니 사진은 기본이 되었다. 부모님께 보내드릴 사진을 찍으면서 가끔 아이의 너무 귀여운 모습이 생각날 때 우리 반 아이들에게 사진을 보여주며

"여기에 누가 있어? 사랑이가 여기에 있네. 뭐 하고 있는 걸까?"

라고 하면 2세인 우리 반 아이들은 손가락으로 사진을 가리키며 옹알옹알 이야기한다. 말을 할 수 있는 4세 이후의 아이들은

"여기 내가 있네요. 이거 어린이날이었는데, 이때 정말 재미있었어요."

라고 이야기를 한다. 그러면 나는 자연스럽게 아이에게 물어본다.

"어떤 놀이가 제일 재미있었어?"

"옆에 보민이도 있네. 함께 무슨 놀이 했었는지 기억이 나?"

라고 하면서 아이의 추억을 꺼내 이야기를 이어나간다.

울었던 아이도, 떼를 쓰던 아이도 자신의 사진을 보면, 신기한지 울음을 그치고 사진을 보며 옹알옹알 이야기하는 모습은 볼 때마다 귀엽다.

우리 어린이집 현관에는 전자 앨범이 있다. 반마다 아이들의 사진을 USB에 담아 꽂아두면 그 사진들이 번갈아 가며 화면에 보인다. 아이를 기다리는 부모는 "어린이집에서 이렇게 놀이하는구나"하며 아이의 모습을 감상하며 기다리기에 아이를 기다리는 시간을 덜 지루하고, 아이들은 신발을 신다가 사진을 보면, 그때의 일을 엄마에게 혹은, 아빠에게 이야기한다. 어린이집의 현관에서 엄마와 또는 아빠와 아이가 사진으로 오순도순 이야기하며, 손잡고 나가는 모습을 볼 때마다 사랑스럽다.

사진 중에서도 아이들이 가장 좋아하는 사진은 여행 갔던 사진이다. 어른들처럼 아이들도 여행은 특별했던 일이라고 기억을 하는 것 같다.

우리 가족은 아이가 5살 때 처음으로 해외여행을 갔다. 그때, 여행사에서 무료로 주었던 쿠폰으로 포토 북을 만들었는데, 그 앨범을 아이는 두고두고 한 번씩 꺼내서 보았다.

"엄마, 우리 이때 비행기 탔지?"

"맞아. 태훈 이가 처음 비행기를 탔던 날이야."

"나는 공항에 갔던 게 너무 좋았어. 비행기도 많이 보고 말이야.

우리 가족 여행 앨범 & 포토 북   태훈 이의 사진 모음 앨범

공항 엄청 크더라."

"그랬구나. 엄마도 공항에 가면 마음이 설레고 좋아. 넓은 공항 구경하는 것도 재밌지?"라고 하며 이야기에 꼬리를 물고 아이와 행복한 추억 속으로 젖어들었다. 그 이후로는 국내든 해외든 여행 다녀온 사진은 포토 북으로 만들어두었다. 코로나19가 발생하기 전 마지막으로 다녀왔던 여행 사진을 내가 바쁘다는 핑계로 포토 북을 만들지 못했더니 아들이 나에게 묻는다.

"엄마, 이번에 다녀온 것도 앨범 만들 거지? 언제 만들 거야?"

"앨범 만들어야지. 언제 만들까? 태훈 이는 여행 다녀온 것 앨범으로 만들면 좋아?"

"응, 빨리 만들어줘."

남자아이에 무뚝뚝한 성격의 아들이지만, 여행 앨범은 좋은지 이렇게 표현을 하는 모습이 귀엽다.

영아기 때는 성장 속도가 빨라 일상의 모든 모습을 사진으로 담지만, 어느 정도 성장한 후에는 일상 사진은 잘 안 찍게 된다. 특히, 초등학교에 입학하고부터는 아이가 사진을 잘 안 찍으려고 하기에 일상의 모습을 남기기 어렵다. 하지만, 특별한 경험을 했던 날의 사진을 모아두면 아이에게도, 부모인 우리에게도 행복을 안겨줄 것이다. 사람은 추억을 먹고 산다고 하지 않던가!

이렇게 모아 둔 사진을 나 혼자만의 것으로 두지 말고 아이와 함께 공유하자.

스마트폰으로 사진을 보며 이야기 나누는 것도 좋지만, 평소와는 조금 다른 방법을 사용하면 추억에 훨씬 더 집중하게 된다. 사진을 인화해서 만든 앨범, 포토 북, 전자 앨범 등 이외에도 자신만의 사진 보관법이 있다면 잘 활용하여 "사진"이라는 타임머신을 타고 아이와 대화를 이어나갈 수 있는 추억 여행을 떠나보자.

하루 10분 놀이,
내 아이
창의력 높이기

텐텐텐 미라클

아이를 잘 키운다는 것은 온종일 아이와 좋은 관계를 유지하는 것일까?

출산 후 100일도 안 되어 아이를 맡기고 출근을 하던 첫날, 발길이 떨어지지 않았다. 출근해서도 아기가 잘 있을까 궁금하기도 하고 너무 보고 싶었다. 시간이 흘러 아이가 점점 성장하면서 말도 배우고, 예쁜 짓도 많이 하던 시기에는 늦어지는 퇴근 시간과 주말에도 평가인증 준비를 하러 출근하는 내 모습을 보며, 진정 잘하는 것일까에 대해 의문이 많이 들었다. 항상 마음속에는 아이와 오랫동안 함께해 주지 못하는 미안함이 늘 자리 잡고 있었다.

나뿐만이 아니라 어린이집에서 만나는 학부모님을 뵈면 직장 다니는 엄마는 오래 있어 주지 못해 미안해하고, 전업주부인 엄마는 같이 있어도 잘해주지 못해서 미안하다고 이야기하신다. 남의 떡이 커 보인다고, 직장 다니는 엄마는 전업주부인 엄마를 부러워하고, 전업주부인 엄마는 직장 다니는 엄마를 부러워하는 것이 우리 엄마들의 마음이다.

아이에게는 어떤 엄마가 더 좋을까?

직장 다니는 엄마도 전업주부인 엄마도 아니다. 아이에게는 엄마의 존재 자체가 최고이다. 게다가 잘 놀아준다면 금상첨화.

하지만, 아이와 잘 논다는 것은 어떻게 놀이하는 것일까? 오랜 시간 같이 놀아주어야 잘 놀아주는 것일까?

물론, 오랜 시간 함께 하며 같이 잘 놀아주면 좋겠지만, 엄마들은 할 일이 많다. 가족을 챙기고, 집안일을 하다 보면 하루가 부족하다. 아이와 온종일 함께 놀아준다고 아이가 계속 즐거워하는 것도 아니다. 그러니 아이에게 미안해하지 말자. 대신, 할 일이 많은 우리 엄마들은 양보다 질로 가자! 짧은 시간 밀도 있게 아이와 보내면서 아이와의 정서적 유대감을 쌓는 것이다. 엄마도 아이도 쉽고 행복한 시간을 만드는 것이다.

하루 10분씩 세 번이면 충분하다. 나는 이것을 텐텐텐 미라클이라고 부른다.

텐텐텐 미라클

1. 아침에 일어나서 10분

영화를 보면, 아침에 눈떴을 때, 창문에 달려있는 하얀 커튼이 바람에 흔들리고, 따스한 햇살이 창문으로 들어오고, 사랑하는 사람이 따뜻한 미소로 아침을 맞이해준다. 주인공은 행복함에 아침을 맞이한다. 이런 상황이 영화에서만 가능할까? 아이가 주인공이 되어 엄마가 아이에게 행복한 아침을 맞이하게 하는 것은 어떨까? 아침을 행복하게 시작하면 하루가 행복하다.

비록 현실에서는 아이가 떼쓰며 울면서 일어나고, 출근 시간이 임박한데 아이가 일어나지 않으면 큰소리로 아이를 깨우며, 아침 시간은 그야말로 전쟁터가 따로 없을지도 모른다. 하지만, 하루를 위해 아침 시간을 조금만 투자하자.

아침 시간에 10분의 여유를 가지려면, 잠자는 시간부터 일정하게 유지하고, 아침 기상 시간을 일정하게 유지해 주는 것이 좋다.

아이가 눈을 뜨면 잘 잤는지 엄마는 아이에게 다가가 인사하며 아이의 팔과 다리를 마사지해 주면 아이는 기분 좋게 일어날 것이다.

아침 시간 10분으로 하루를 행복하게 시작해 보자.

2. 퇴근 후 10분(어린이집이나 유치원 하원 후 10분)

직장 다니는 엄마의 경우는 퇴근 후 10분을, 전업주부인 엄마는 어린이집이나 유치원 하원 후 10분을 활용하면 좋다.

온종일 엄마와 떨어져 지내던 아이가 엄마의 퇴근 시간을 얼마나 기다리고 있겠는가? 퇴근할 때쯤이면 몸도 마음도 지쳐있지만, 현관을 들어간 순간 10분만이라도 아이에게 따뜻한 미소와 함께 오늘 무엇이 재미있었는지 아이와 이야기하고, 엄마의 이야기도 함께 전해주며 따뜻한 포옹도 잊지 말자. 이 시간 엄마의 품속에서 아이는 엄마가 그리웠던 하루를 만족감으로 충분히 채울 수 있다.

또는 아이가 어린이집이나 유치원에서 돌아왔을 때, 집을 떠나 나름의 규칙을 지키고 친구들과의 관계를 유지하느라 아이가 많이 고단했을 것이다. 아이를 꼭 안아주며 오늘도 잘 다녀와 멋지다고 이야기해주며, 어린이집이나 유치원에서의 일과에 대해 이야기를 나누다 보면 아이는 긴장을 풀고 편안함으로 저녁 시간을 맞이할 수 있다.

3. 잠자기 전 10분

하루를 마무리하는 잠자기 전의 시간도 아이와 함께 하는 시간으로 활용하기 좋다.

엄마도 아이도 긴장을 풀 수 있는 시간인 이 시간에 잠자리에 누워 아이가 좋아하는 그림책을 함께 읽으며, 서로의 생각을 나누어도 좋고, 아이가 긴장을 풀고 편안하게 잠들 수 있게 마사지를 해주면서 하루를 편안하게 마무리해도 좋다. 잠자기 전 시간을 활용해서 내일을 열심히 살아갈 힘을 만드는 것이다.

어린이집에서 부모님이 하는 고민 중, 가장 많은 고민이 아이가 일찍 잠을 자지 않는다는 것이다. 아이는 엄마, 아빠와 더 놀이하고 싶은 마음에 잠을 안 자려고 할 수도 있고, 무서워서 잠을 안 자려고 할 수도 있다. 또는 낮에 충분히 놀이하지 못했거나 평소보다 긴 낮잠으로 밤잠을 안 자려고 할 수도 있다. 잠을 안 자려고 하는 원인이 다양하기 때문에 아이가 왜 안 자려고 하는지 원인을 파악하고 해결해 주어 일정한 시간에 잠을 자도록 해 주는 것이 아이의 성장에도 좋다.

어린이집에서 영아인 아이들이 다 함께, 같은 시간에 낮잠 자는 것을 부모님은 매우 신기해하신다. 아이마다 자는 시간이 조금 달라서 일찍 잠드는 아이가 있는가 하면, 늦게 잠이 드는 아이도 있고, 일찍 잠에서 깨는 아이가 있는가 하면, 늦게까지 잠을 푹 자는 아이도 있다. 하지만, 낮잠 시간을 일정하게 유지하는 패턴으로 하루의 일과를 운영하다 보니 아이들이 낮잠 자야 하는 시간임을 알고 비슷한 시간에 잠이 들게 된다. 점심을 먹고 세수하고, 조용한 놀이를 하며 낮잠을 자기 위한 매트를 깔고, 조명을 끄고, 자장가를 틀어주면 아이들은 이제 낮잠 자는 시간임을 알고, 자신의 매트에 와서 눕는 아이도 있다.

집에서도 잠을 자기 전 일정한 패턴을 꾸준하게 유지해 준다면 아이들이 "아, 이제는 자야 할 시간이구나."라고 알고 큰 저항 없이 잠을 자려고 할 것이다.

텐텐텐이라서 꼭 아침 시간, 퇴근 후(어린이집, 유치원 하원 후) 시간, 잠자기 전 시간일 필요는 없다. 엄마와 아이가 편안하게 보낼 수 있는 시간이라면 언제든 괜찮다.

저녁 먹는 시간을 활용해도 좋고, 목욕 시간을 활용해도 좋다. 가장 중요한 것은 엄마가 편안하고 아이가 받아들일 준비가 된 시간이 가장 좋다.

시간도 꼭 10분을 채우는 것이 아니라 처음 시도할 때는 잠깐이라도 좋다. 점점 시간을 늘려 가면 된다.

가장 보편적으로 활용할 수 있는 시간이기 때문에 앞에서 이야기한 시간을 활용해볼 것을 추천하는 것이다.

하루 세 번 10분의 시간으로 아이와의 정서적 유대감을 깊게 만들어 육아가 행복해지도록 만들어보자.

텐텐텐 미라클은 코로나19로 외출이 어려워 육아가 힘든 시기를, 오히려 아이와 정서적으로 더 친밀해지는 시간으로 만들어 줄 수 있을 것이다.

긍정 감정 기르기 : 말의 중요성

　　얼마 전 「어쩌다 어른」에서 김창옥 교수의 방송을 보게 되었다. 사람마다 self teller가 있는데, 이 self teller는 갑자기 툭 생긴 상황에서 나타난다는 것이다. 위험했던 상황에서 "괜찮아, 다치지 않아서 다행이야."라고 말하는 사람이 있는 반면, "어쩐지, 요즘 일이 너무 잘 풀린다 했어. 그럼 그렇지."라고 말하는 사람이 있다는 것이다. 이 둘의 차이점은 무엇일까? 어릴 때부터 주변에서 들었던 말 때문이라고 한다. 어릴 때의 주변 사람이라면, 부모일 확률이 높다. 아이에게 가장 많이 이야기하고, 아이에게 영향을 가장 많이 끼치는 사람은 부모이기 때문이다. 부모가 아이에게 어떻게 이야기해 주었는지에 따라서 성인이 된 아이는 자아에 대한 인식이 달라지게 된다.

방송에서 김창옥 교수는 미국 영화에서 아이가 그릇을 깼을 때 아이의 엄마가 한 말을 이야기해 주었다.

"Are you OK?", "No problem.", "Dont worry and I love you."라고.

이 말을 들으며 나를 한 번 돌아보게 되었다.

아이가 6세쯤에 미열이 있는 것 같아 체온을 쟀었다. 그때 당시 우리 집은 수은 체온계를 사용했었다. 열이 자주 났던 아이의 체온을 가장 정확하게 측정할 수 있었고, 체온계의 가격도 저렴했기 때문이다. 아이는 체온을 잰 뒤, 체온계를 나에게 가져오는 도중 떨어뜨려 체온계가 깨지고 말았다. 그때, 너무 놀란 나는 나도 모르게 얼굴에 인상을 쓰고, "태훈아! 저리 가. 여기 위험해. 가만히 있지 그랬어."라며 아이를 나무라고 있었다. 아이는 너무 놀라, 말도 못 하고 울먹이며 가만히 서서 내가 정리하는 것을 바라보고 있었다. 정리하는 동안에는 빨리 치워야겠다는 생각에 아이를 돌아볼 생각도 못 하고 있다가, 정리를 마친 후 아이의 얼굴을 보는 순간!

"아, 내가 아이에게 상처를 주었구나."라고 미안함에 아이에게 다가가 안아주었다. 아이는 참았던 눈물을 내 품에서 쏟았다.

"태훈이가 엄마 보여주려고 가져온 건데, 엄마가 화내서 놀랐지? 태훈이도 많이 놀랐을 텐데, 수은이라 위험한 거라 엄마가 너무 다급해서 그랬어. 화내서 미안해."

"괜찮아, 으앙"

오히려 아이가 나를 위로하고 있었다.

그때 이후로는 뭔가 일이 생기면, 일단 먼저 심호흡을 한 다음, 다치지는 않았는지, 정리하면 되니까 괜찮다고 이야기한다.

지금은 오히려 중학생인 아이가 나에게 "엄마 괜찮아. 그럴 수도 있지."라며 위로해 준다.

어린이집에서 학부모님과 대화하다 보면, 아이를 혼내도 말을 잘 안 듣는다는 말을 많이 하신다.

보육교사 공부할 때, "아이들은 똑같은 이야기를 수천 번을 해 주어야 해요."라는 교수님의 말씀을 들은 적이 있다. "한 번도 아니고 수백 번도 아니고 수천 번이라고?"하며 놀랐던 기억이 있다. 그래서 15년이 지난 지금도 이 말이 기억에 남아 있는 것 같다. 아이를 훈육할 때는 일관성이 무엇보다도 중요하다. 되는 것은 확실하게 허용하고, 안 되는 것은 일관되게 안 되는 것이다. 그러나 이것보다도 더 중요한 것이 있다. 그것은 바로 「대안 제시하기」이다.

아이가 놀잇감을 계속 던진다면,

"지금 장난감을 던지고 싶구나. 그런데 지금 던지는 자동차는 맞으면 아파. 그러니까 던지지 말자. 던지고 싶다면, 말랑말랑한 공을 던지는 건 어떨까?", "이게 먹기 싫었구나. 그런데 이렇게 뱉으면 옷이 지저분해지니까 뱉고 싶으면 휴지에 뱉을까?"하고 말이다.

아이들은 자신의 감정을 어떻게 표현해야 할지 잘 모른다. 그리고 자신이 하는 방법 외에 다른 방법이 있다는 것도 잘 모르기 때문에 부모가 대안을 제시한다면 아이들은 "아, 이런 방법도 있구나."라고 배우게 된다. 대안 제시하기는 아이의 자존감을 살리고, 새로운 방법도 알려주는 일석이조의 방법이다.

아이의 긍정 감정에 대한 실험 한 가지가 있다. 1950년~1970년대에 하와이에 있는 카우아이섬이라는 범죄자, 알코올중독자, 정신질환자가 많이 살던, 환경이 어려운 지역이 있었다고 한다. 에미 워너라는 심리학자는 이 지역에서 자라는 아이들이 성인이 되었을 때의 모습을 관찰하는 종단 실험했다. 환경이 어렵기 때문에 이 지역에서 자란 아이들은 모두 성인이 되었을 때 삶의 질이 낮을 것으로 예측했는데, 결과는 그렇지 않았다. 왜 그럴까 의문을 갖고 다시 관찰하던 에미 워너는 새로운 사실을 발견하게 된다. 불우한 환경에서 자란 아이의 1/3은 오히려 더 훌륭하게 성장해 학교에서 학업 성적도 좋고, 사람들과의 관계도 좋으며, 일반인보다 오히려 더 성공적인 삶을 살고 있었다. 그 비법이 무엇이었을까? 심리학자 에미 워너는 그들 곁에는 "어떤 상황에서도 그들을 무조건 믿어준 이"가 한 사람 이상 있었다고 이야기한다.

내 아이를 무조건 믿어주는 사람은 내 아이의 엄마인 내가 되어야 하지 않을까?

아이를 질타하는 말 대신,

"그럴 수 있어."

"다치지 않아서 다행이야."

"이런 방법도 있는데, 이렇게 하는 건 어때?"

"와, 엄마도 몰랐던 방법을 찾았네!"

"힘들었지만, 열심히 한 너의 모습은 정말 멋있어."

"실수해도 괜찮아, 누구나 실수는 하는 거야. 엄마도 실수하는 걸. 다시 도전해보자."

라고 아이를 응원해 주는 말을 하도록 엄마의 언어 습관을 바꿔보자.

아이들은 스펀지처럼 모든 것을 그대로 흡수한다. 엄마의 말, 엄마의 표정, 엄마의 행동까지도 온몸으로 그대로 받아들이는 것뿐만 아니라 무의식 속에도 남긴다. 아이가 성장하면서 지지가 되어줄 아이의 무의식 세계를 긍정으로 채워주자. 아이에게 긍정의 말, 아이의 성장 과정을 격려해 주는 말을 자주 한다면 아이의 무의식 속에는 자신을 믿어주는 긍정의 힘이 생길 것이다. 내 아이를 믿어주는 단 한 사람! 엄마인 내가 그 사람이 되어보자!

미국 영화의 엄마처럼, 우리도 아이에게 이렇게 말해보자!

"Are you OK?"

"No problem."

"Don't worry and I love you."

03

아이의 강점 찾기

지금 눈을 감고 내 아이를 떠올려보자. 아이의 장점이 먼저 보이는가? 아니면, 단점이 먼저 보이는가?

어린이집에서 아이들을 보다 보면 아이마다 잘하는 부분이 다름을 느낄 수 있다. 어떤 아이는 언어의 천재라는 생각이 들 정도로 말을 유창하게 하는 아이가 있다. 또, 어떤 아이는 블록으로 구성물을 정말 멋지게 잘 만드는 아이도 있고, 율동을 눈에 띄게 잘하는 아이도 있다. 조용하지만, 그림을 두드러지게 잘 그리는 아이가 있는가 하면, 친구들과 융화되어 친구들에게 인기가 많은 아이도 있다. 아이마다 가지고 있는 장점이 다 다르다.

하버드대학교 교육심리학자인 하워드 가드너 교수는 이것을 「다중지능」이라고 한다. 우리는 IQ, EQ는 익숙하지만, 다중지능이라는 것은 낯설 것이다. 나 또한 보육교사를 하는 초기에는 다중지능에 대해서 몰라, 아이마다 왜 가지고 있는 장점이 다를까를 고민했었고, 자라는 환경의 영향으로 그런 것인가 라고만 생각했었다. 그러다 다중지능 이론을 접하고서는 정말 무릎을 '탁' 쳤다. 그동안 내가 보아왔던 아이들의 강점이 이 이론에 너무나도 잘 맞았기 때문이다. 다중지능은 사람마다 강점으로 가지고 있는 지능이 다르다는 이론이다.

하워드 가드너는 인간은 8개의 「다중지능」을 가지고 있다고 한다. 음악지능, 신체 운동지능, 논리수학 지능, 언어지능, 공간지능, 인간친화 지능(대인관계 지능), 자기성찰 지능(자기이해 지능), 자연친화 지능(자연탐구 지능)이 8가지 다중지능에 속한다.

음악지능 : 음의 리듬, 음높이, 음색에 대한 민감성을 보이는 사람이 갖는 지능으로 작곡가, 가수, 피아니스트 등 음악과 관련된 활동을 하는 사람은 이 지능이 높다.

신체운동 지능 : 신체적 기술을 잘 조절하는 지능으로 운동선수는 신체운동 지능이 높다.

논리수학 지능 : 계산과 정량화를 가능하도록 하고, 명제와 가설을 생각하고 복잡한 수학적 기능을 수행하는 지능으로 수학자, 물리학자 등이 이 지능이 높다.

언어지능 : 사고하고 복잡한 의미를 표현하는 언어를 사용하는 지능이 뛰어나다. 작가, 기자, 강사 등은 언어지능이 높다.

공간지능 : 내·외적 이미지의 지각, 재창조, 변형 또는 수정이 가능하도록 하며, 사물을 공간적으로 조정하며 그래픽 정보로 생산하거나 해석이 가능하도록 하는 능력으로 건축가들은 이 지능이 높다.

인간친화 지능(대인관계 지능) : 타인을 이해하고 타인과 효과적으로 상호작용하는 지능이다. 종교인, 정치인, 마케터, 교사가 인간친화 지능이 높다.

자기성찰 지능(자기이해 지능) : 자신에 대한 정확한 지각과 자신의 인생을 계획하고 조절하는 지식을 사용할 수 있는 지능으로 우리가 성공했다고 말하는 사람은 자기성찰 지능이 높다.

자연친화 지능(자연탐구 지능) : 자연의 패턴을 관찰하고 대상을 정의하고 분류하며 자연의 체계를 이해하는 능력이다. 동물학자, 수의사는 자연친화 지능이 높다.

하워드 가드너 박사는 사람은 8가지의 다중지능 중 한 가지 이상의 뛰어난 지능을 가지고 있다고 한다.

내 아이를 가만히 관찰해보면 분명 뛰어나게 잘하는 것이 있다. 그것이 한 가지 일지 2~3가지 지능으로 나타날지는 아이마다 다르다. 그러나 부모가 아이의 능력을 학습에만 연관하여 생각하고, 다른 아이와 비교하여 내 아이를 바라본다면, 아이의 뛰어난 지능은 학습과 비교에 가려 나타나지 않을 수 있다.

우리는 자신의 강점을 잘 찾은 사람을 쉽게 생각해낼 수 있다. 가장 먼저 떠오르는 사람은 세계적으로 유명한 피겨스케이팅 김연아 선수이다. 김연아 선수의 강점은 무엇이었을까? 신체운동 지능이다. 이 강점을 잘 살려내어 세계적으로 피겨의 여왕이 될 수 있었다. 우리가 알고 있는 모차르트나 베토벤은 어떤 강점이 있었을까? 이들에겐 뛰어난 음악지능이 있었다. 이들이 과연 학습에만 몰두했을까? 자신이 좋아하고 잘하는 분야를 집중적으로 공략했기 때문에 세계적으로 유명해질 수 있었다.

내 아이가 어떤 강점을 가졌는지 잘 관찰해보자. 앞에서 이야기 했듯이 아이를 알기 위해서는 관찰은 필수이다. 내 아이를 관찰하다 보면, 아이만의 강점이 보인다. 내 아이의 강점을 찾아주어 단점보다는 장점이 부각되도록 아이를 지지해 주자. 그러면 아이는 "나는 괜찮은 사람이다"라고 인지하며 자존감이 높은 아이로 성장하고, 무엇을 하든 자신감 있게 시작할 수 있을 것이다. 부모 또한 아이의 강점을 위주로 양육하다 보면, 아이에게 잔소리가 줄어들어 아이와 더 좋은 관계를 유지하며 행복하고 편안한 육아를 할 수 있다.

내 아이는 만들기를 좋아했다. 상자나 재활용품을 상자 하나에 모아두면 가위로 상자를 오리고 붙이고, 일회용 숟가락이나 나무 젓가락, 페트병 뚜껑, 페트병들을 이용하여 자동차, 크레인, 기차들을 만들었다. 어린이집 유치반부터 초등학교 동안 방학 숙제로 항상 재활용 만들기를 제출할 정도로 만들기를 좋아했다.

어린이집에서는 내가 맡았던 6세 남자아이 중에 유난히도 종이접기를 잘하는 아이가 있었다. 나에게 물어보지 않고 혼자서 종이접기 책을 보며 곤충을 접을 수 있을 정도로 종이접기를 잘했었다. 대체로 6세 정도부터 남자아이들은 종이접기 세계에 푹 빠진다. 나는 아이들이 자유롭게 종이접기를 할 수 있도록, 여러 종류의 종이접기 책과 넉넉한 색종이를 항상 교실에 준비해두었다. 아이들은 종이접기를 하고 싶으면 그 아이에게 다가가 잘 안 되는 부분을 도와달라고 하였다.

7세의 여자아이 중에는 그림을 잘 그리는 아이가 있었다. 6, 7세 정도가 되면 여자아이들은 편지를 쓰며 그림 그리기를 좋아한다. 아이들은 그림을 잘 그리는 그 아이에게 다가가 그림을 그려달라고 하고, 그 그림을 모방해 그리며 그리기 실력을 높였다.

블록으로 구성물을 잘 만드는 아이도 있었는데, 그 아이가 블록으로 무엇인가를 만들면 다른 아이들이 함께 그 구성물을 가지고 역할 놀이를 하는 모습도 볼 수 있었다.

아이마다 각자의 강점을 가지고 태어난다. 강점이 없는 아이는 없다. 부모의 격려와 지지 속에서 아이는 자아존중감이 형성되며, 이것은 아이가 성인이 되어 자신의 강점을 찾을 힘을 길러준다. 성인이 되기 전이라도 아이는 강점을 찾을 수 있는데, 부모가 어느 누구와도 비교하지 않고 내 아이를 온전히 바라봐 줄 때 아이의 강점은 살아나게 된다.

우리 엄마들은 아이의 강점을 찾는 능력을 기르도록 하자.

내 아이의 뛰어난 지능을 찾아주는 것! 이것이 바로 아이의 강점 찾기 육아이다.

미라클 MDB 놀이법 : 엄마 아빠 함께 놀이

어린이집에서 학부모를 만나다 보면, 내가 처음 보육교사를 시작했던 초창기와 10여 년이 지난 지금 바뀐 것이 있다. 어린이집에서는 매년 상반기, 하반기 2번의 학부모 면담이 이루어지는데, 내가 처음 보육교사를 하던 때는 학부모 면담을 한다고 하면, 당연히 엄마가 담임교사 만나는 것으로 생각했다. 현재도 아이에 대한 상담은 주로 엄마와 이루어지지만, 몇 년 전부터는 아빠의 참여 비율이 조금씩 높아지고 있다. 그리고 아빠가 시간이 되는 날이면 아빠와 등 하원 하는 아이도 많아지고 있다. 그만큼 아빠의 육아 참여율이 높아졌다는 뜻이고, 아빠가 아이에게 갖는 관심의 방법도 예전과는 많이 달라졌다. 「아빠 어디가!」를 시작으로 「슈퍼맨이 돌아왔다」와 같은 텔레비전 프로그램이 아빠의 육아 참여 비율을 더 높인 것 같다.

내가 아이를 키워보니 엄마 혼자서 하는 독박 육아, 정말 힘들다. 엄마 혼자의 독박 육아보다는 엄마와 아빠가 함께 육아하는 것이 아이의 성장에 더 좋은 영향을 미친다. 엄마는 아이에게 정서적인 민감성을 줄 수 있는 반면, 아빠는 아이의 사회성 기초를 잡는 데 큰 역할을 하므로 부부가 함께 육아하는 것이 가장 이상적이라 할 수 있다. 그런데, 신기한 것은 엄마는 배우지 않아도 본능적으로 아이를 돌볼 수 있지만, 아빠들은 어떻게 해야 할지 모르는 경우를 많이 본다. 현명한 우리 엄마들이 아빠도 육아에 참여할 수 있도록 하자. 아이와의 놀이를 통해 아빠가 육아에 쉽게 접근할 수 있도록 도와주자.

나는 이것을 MDB 놀이라고 한다. MDB 놀이법이란, Mom, Daddy, Baby의 약자로 엄마, 아빠, 아이가 함께하는 놀이를 말한다.

엄마와 아빠가 아이와 함께 놀이하면서 육아를 조금 더 즐겁고, 조금 더 쉽게 할 수 있는 방법을 찾아보도록 하자. 하루 10분의 놀이로 아이와 더 가까워진다면 육아가 조금 더 쉽게 느껴질 것이다.

■ 생후 6개월 이전

이때는 엄마도 아이에게 무엇을 어떻게 해주어야 할지 어려워하는 시기인데, 아빠 또한 내 아이에게 무엇을, 어떻게 해 주어야 할지 엄마보다 더 어려워하는 시기이다. 아기를 안아보는 것조차도 두려운 이 시기에 엄마 아빠가 함께 할 수 있는 놀이는 무엇이 있을까?

이 시기에는 놀이라기보다 누워 있거나 뒤집는 아기 옆에서 엄마, 아빠가 아이와 자주 눈 맞춤하며 아이와 애착 관계를 형성하는 것이 가장 중요하다.

MDB 놀이

손가락 잡기 놀이 - 누워있는 아이의 양손을 잡고 위로 아래로 흔들어준다.

잡기 놀이 - 누워 있는 아이에게 손수건, 모빌 등을 보여주면 아이가 손을 뻗어 잡는다.

마사지 놀이 - 팔, 다리, 손가락, 발가락, 배, 등 아이의 몸을 마사지해준다.

■ 생후 6개월~12개월

아이가 앉고, 서고, 걸음마 하며, 한 발 한 발 걷기 시작하는 이 시기에는 아이의 안전에 주의를 기울여야 한다. 아이가 새로운 도전을 할 때마다 엄마, 아빠가 옆에서 응원하며 아이가 혼자 하기 어려운 부분을 조금씩 도와주고, 한 가지씩 익힐 때마다 엄마, 아빠가 함께 손뼉 치며 칭찬과 격려로 아이에게 자신감을 심어주는 것이 좋다. 또한, 물건이 사라져도 그 자리에 있으리라는 것을 아는 ??대상 영속성??의 개념을 알게 되는 시기로 까꿍 놀이를 가장 좋아하는 시기이다. 이 시기에는 아이의 발달을 마음껏 기뻐해 주자.

MDB 놀이

곤지곤지 죔죔 짝짜꿍 놀이 – 부모가 반복해서 시범을 보이면 어느 순간 아이도 따라 한다.

공 잡기 놀이 – 아이 앞에 공을 놓아주면 아이가 다가와 공을 잡는다.

딸랑이 놀이 – 아이 앞에 여러 가지 딸랑이를 놓아주고, 아이가 골라서 잡고 흔들어본다.

거울 놀이 – 거울 앞에서 부모가 다양한 표정을 보여준다.

까꿍 놀이 – 손으로 얼굴을 가렸다가 보여주며 "까꿍"이라고 말한다.

옹알옹알 놀이 – 아이의 소리에 부모가 반응하며 함께 소리 내본다.

■ 생후 12개월~24개월

아이가 "엄마", "아빠"라고 말하기 시작하는 시기로 아이가 엄마, 아빠의 얼굴을 보며 미소를 보이는 모습에 부모가 된 것을 가장 행복해하는 시기이다.

이 시기에는 아이가 걸으면서 이동이 가능해지고, 말도 할 수 있게 된다. 아이에게 자아가 형성되기 시작하면서 소위, 우리가 말하는 "고집"이 생기는 시기로 육아가 힘들어지는 시기가 되기도 한다. 따라서 아이가 스스로 할 수 있는 것은 기다려주고, 되는 것과 안 되는 것을 일관성 있게 알려주기 시작해야 하는 시기로, 놀이를 통해 자연스럽게 알려주도록 하자.

MDB 놀이

어부바 놀이 – 아이를 등에 업고 몸을 앞뒤로 흔들며 "어부바, 어부바"하며 아이와의 신체 접촉을 늘린다.

목마 타기 – 부모님의 어깨 위에 목말을 태우고 높은 곳에 있는 느낌에 대해 이야기한다.

계단 놀이 – 낮은 계단을 오르락내리락해본다.

감사합니다 놀이 – 물건이나 놀잇감을 주며 "감사합니다"라고 표현해본다.

신체 부위 찾기 놀이 – "눈은 어디 있나, 여기" 노래를 부르며 얼굴을 탐색한다.

이불 썰매놀이 – 아이를 이불 위에 앉히거나 눕히고 이불을 끌며 썰매를 태워준다.

그대로 멈춰라 – "그대로 멈춰라" 노래에 맞추어 율동하며 몸의 움직임을 멈췄다, 움직였다 하며 신체 조절 능력을 키운다.

스티커 떼기 놀이 – 스티커를 붙여주고 아이가 떼어 보도록 하며, 소근육을 발달시킨다.

■ 생후 24개월~36개월

이 시기가 되어야 비로소 아이들은 나 외에도 다른 사람이 있다는 것을 알게 되고, 다른 사람의 감정을 이해하려고 하는 시기이다. 그러나 아직은 자기중심성이 강한 시기로 타인을 배려하기는 어렵기 때문에 타인의 감정에 대해 자주 이야기해 주는 것이 좋다. 이 시기는 호기심도 생기는 시기로 부모는 아이에게 "왜?"라는 질문을 끊임없이 받게 된다. 또한, 좋고 싫음이 분명해지는 시기로 재미있는 놀이는 계속 반복해서 하려고 하는 시기이다. 이 시기부터는 놀이를 통해 아이와 약속을 하기 시작하면 좋다. 좋아하는 놀이를 끝도 없이 반복해서 해달라고 하는 아이에게 "○번만 더 하고 내일 또 하자.", "지금은 ○○○을 해야 하니 이것 끝나고 놀이하자."라고 약속을 하는 것이다. 이때 중요한 것은 아이와의 약속은 반드시 지켜야 한다. 그러면 처음에는 아이가 떼를 쓰며 싫다고 표현해도, 같은 패턴을 반복하다 보면 아이도 기다리면 된다는 것을 알게 된다.

이 시기에는 상상력이 풍부해지기 시작하여 가상놀이, 역할놀이(소꿉놀이, 병원놀이, 가게 놀이 등)를 많이 하고, 신체 조절 능력이 생기는 시기로 놀이터에서의 신체 활동도 규칙적으로 하는 것이 좋다.

병원놀이 – 의사와 환자의 역할을 해보면서 병원에 대한 두려움을 없앨 수 있다.

그림자놀이 – 날씨 좋은 날 실외에서 몸을 움직여 그림자의 움직임을 살펴본다.

우리 집 놀이 – 큰 종이 박스를 이용해 공간을 꾸민다. 문을 여닫을 수 있도록 해주면 아이들이 더 좋아한다.

이불 김밥 놀이 – 이불 위에 아이를 눕히고 돌돌 말아서 이불 김밥을 만들어주고, 이불을 푼 뒤에는 아이를 꼭 안아주는 놀이를 반복한다.

신문지 공놀이 – 신문이나 종이를 구겨 공을 만든 후 굴려보고, 던져보고, 통에 넣어보면서 공놀이를 한다.

■ 생후 36개월~48개월

이 시기의 아이는 아직 엄마, 아빠와 놀이하고 함께하는 것을 더 좋아하지만, 또래에게 관심이 생기고, 함께 놀이하는 것을 좋아하기 시작한다. 하지만, 아직도 자기중심적으로 사고하는 발달 특성과 사회성 기술의 미숙한 발달로 인해, 친구 때문에 속상해하는 아이의 모습이 관찰되기도 한다. 상대방의 기분은 어떨지, 이럴 때는 어떤 방법이 좋을지, 타인에 대한 이해를 높일 수 있는 이야기를 많이 해줌으로써, 아이의 사회성 발달과 안정적 정서를 형성하고, 자존감도 높여줄 수 있는 시기이다.

아이가 스스로 하려 하고, 스스로 할 수 있는 것도 많아지는 시기이므로 위험하지 않으면, 아이가 새로운 것에 도전하는 것을 격려하도록 하자.

MDB 놀이

개구리 점프 – 앉았다가 폴짝 뛰면서 누가 더 멀리 가는지 놀이한다.

종이 자르기 놀이 – 안전 가위로 종이를 잘라보며 다양한 모양이 나오는 것을 관찰하며 소근육도 발달시킨다.

비눗방울 불기 – 아이가 스스로 비눗방울을 불어보며 비눗방울이 생기는 것을 관찰해보자.

역할 놀이 – 다양한 역할 놀이를 통해 상대방의 감정과 상황에서의 대처법을 자연스럽게 알아가도록 돕는다.

■ **생후 48개월 이후**

그동안 아이를 키우느라 고생 많았다. 발달의 속도가 가장 빠른 영아기를 지나 아이가 유아기 시기에 접어들었다. 지금부터는 아이가 부모와 함께하는 시간이 조금씩 줄어든다. 혼자서 놀이하는 시간도 길어지고, 또래와 함께 놀이하는 재미를 느끼며, 그 안에서 자기들만의 규칙을 만들기도 한다. 엄마, 아빠와 함께하는 놀이에서도 아이가 주도권을 잡고 놀이하는 모습이 자주 관찰이 될 것이다. 이때부터는 아이가 막무가내로 떼쓰지 않으면,

아이에게 놀이의 주도권을 주는 것이 좋다. 또한, 다양한 사회관계를 익힐 수 있는 놀이를 한다면, 아이의 사회성 발달에 많은 도움을 준다. 글씨와 수에 관심이 생겨 놀이를 통해 학습에 접근하는 방법도 가능해진다. 규칙 있는 놀이를 할 수 있어 간단한 보드게임도 즐길 수 있다. 이 시기부터는 다양한 견학 활동으로 아이가 다양한 경험을 하며 사고를 확장해 주는 것이 좋다.

MDB 놀이

꼬리잡기 놀이 – 엄마, 아빠, 아이가 서로 번갈아 가며 술래가 되어 꼬리잡기 놀이를 한다.
자석 놀이 – 자석을 서로 붙여보고, 밀어보면서 서로 다른 극이 있다는 것을 알아보고, 자석에 붙는 것과 붙지 않는 것 찾기 놀이를 한다.
곤충, 식물 키우기 – 장수풍뎅이와 같은 곤충과 씨앗이 자라는 과정을 탐색하며 자연을 보전하는 방법에 대해 배운다.
종이접기 놀이 – 다양한 종이접기로 소근육을 발달시키고 두뇌를 발달시킨다.

우리가 생각하는 가장 행복한 모습은 무엇일까? 엄마, 아빠, 내 아이가 함께 웃으며 즐거운 모습으로 하루하루를 살아가는 모습이 아닐까?
그렇기에 부모라면 우리 아이에게 어떤 놀이를 해 줄까. 어떻게 하면 아이가 즐거워할까를 많이 고민한다. 나 또한 그랬다. 내 아이와 우리 반 아이들과는 어떤 활동을 해볼까 고민하며 보육 현장에서 아이들의 놀이를 관찰해보니, 나의 어린 시절의 놀이와 아주 다르지 않음을 알게 되었다. 시대가 변해 놀잇감의 유형이 변하고, 놀이가 바뀐 것도 있지만, 대체로 내가 어릴 때 재미있었던 놀이를 아이들도 재미있어함을 느끼며 "놀이가 거창할 필요가 없구나.", 내가 좋아했던 놀이를 아이와 함께해보자 마음먹게 되었다. 이렇게 엄마가 아는 놀이, 아빠가 아는 놀이, 내 아이가 새롭게 알아 온 놀이를 함께 하다 보면 우리 가족이 좋아하는 놀이를 찾게 된다. 그것이 우리 가족만의 문화가 된다. 아이가 어릴 때부터 엄마, 아빠와 함께 놀이하고 공유하며, 우리 가족만의 문화를 만든다면 그 유대감은 어느 누구도, 무엇으로도 깰 수 없는 강력한 무기가 된다. 그리고 엄마, 아빠와의 추억이 많은 아이는 마음이 건강하게 자란다.

부모가 아이와 함께 우리 가족만의 문화를 만들어가는 과정에서 우리가 꿈꾸는 행복한 삶을 살 수 있다.

그동안 아이와 많이 놀아주지 못했다고 슬퍼하지 말자. 우리 아이는 벌써 많이 컸다고 좌절하지 말자. 아이는 언제나 부모와 함께하기를 좋아한다. 지금이라도 늦지 않았다. 오늘부터 MDB 놀이를 시작하여 우리 가족만의 문화를 만들어보자.

3.3.3. 파워 놀이

아이와 놀아주자고 마음먹고 아이에게 다가갔
는데, 무얼 어떻게 놀아주어야 할지 막막했던 적이 있는가? 아
이와 무엇부터 놀아주어야 할까? 다짜고짜 아이에게 다가가 놀
자고 하면 아이는 놀까?

"놀이"라는 단어를 들으면 어떤 것이 떠오르는가?

즐거움, 자유로움, 놀잇감, 재미, 친구, 기쁨 등등 기분 좋은 단
어가 떠오른다. 아이가 놀이하는 모습을 보면 쉽게 놀이한다. 어
린이집에서도 아이들을 보고 있으면, 안겨 있거나 가만히 있다
가도 뭔가 발견하면 망설임 하나 없이 놀잇감으로 직진한다. 그
뒤로는 이 놀잇감, 저 놀잇감, 그리고 종이, 색연필 등등 쉼 없이
움직이며 놀이에 집중하기 시작한다.

우리 또한 어렸을 때는 놀잇감이 없어도 밖에서 잘 놀았다. 무

작정 뛰기도 하고, 나뭇가지 하나를 들고 흙 위에 그림을 그리며 놀기도 하고, 돌멩이를 크기별로 모아서 소꿉놀이하기도 하고, 돌멩이 쌓기 놀이도 하며 자연스럽게 놀이를 했다.

그러나 성인이 되고 나면, 어느 순간부터 놀이를 잊고 산다. 놀이에 대해 다시 생각하게 되는 것은 아이를 낳고 나서부터이다. 어렸을 때는 쉽게 했던 놀이가 아이와 놀아주려고 하면 뭐부터 해야 할지 어려운 것은 왜일까? 경쟁이 치열한 성과 위주의 사회 속에서 살다 보니 마음의 여유를 잃었기 때문이라고 생각한다.

어린이집에서는 아이들의 활동을 계획할 때, 도입-전개-마무리의 3단계로 접근을 한다.

집에서는 이렇게까지 접근하려고 하면 놀이를 하려는 부모에게는 스트레스가 된다.

아이를 낳고 키우며 부딪치게 되는 놀이의 장벽!

쉽고 자연스럽게 접근할 수 있는 333 파워 놀이로 이 장벽을 무너뜨려 보자.

333 파워 놀이란 무엇일까?

앞에서 텐텐텐 미라클에 대해서 이야기했었다. 10분씩 하루 3번이면 아이와 즐거워질 수 있다. 그중 10분을 어떻게 집중 놀이를 하면 좋을까?

이때 필요한 것이 333 파워 놀이이다.

333은 3분씩 3가지이다. 남은 1분은 보너스.

■ 3분 눈 맞춤

아이의 모습을 그냥 바라보자. 아이가 무엇을 하고 있는지. 아이가 누워 있다면 아이 옆에 함께 누워 아이의 눈을 바라보자. 아이가 놀이하고 있다면, 아이 옆에 자연스럽게 앉아 아이가 놀이하는 모습을 보다가 아이와 눈이 마주치면 미소를 지어주자.

우리는 연애하던 시절, 상대의 눈만 봐도 따스함과 사랑이 느껴지지 않았던가? 이제는 아이와의 눈 맞춤을 통해 사랑하는 마음을 전해보자. 아이의 맑은 눈을 보고 있으면, 세상을 다 가진 것 같은 마음과 함께 편안함도 느껴진다. 그리고 내가 살아가는 이유가 무엇인지도 다시 한번 느끼게 된다.

아이와 눈이 마주치면 미소도 지어보고, 눈을 작게 떠보기도 하고, 크게 떠보기도 하고, 우스꽝스러운 표정도 지어보자. 분명 아이도 엄마의 표정을 따라 하며 재미있어 할 것이다.

3분의 눈 맞춤으로 즐겁고 행복한 놀이의 시작을 만들자.

■ 3분 스킨십

아이는 지식으로만 성장하는 것이 아니라, 신체의 오감을 통해 세상을 탐색하며 성장한다. 오감 중에서도 피부로 느끼는 촉각은 아이의 성장에 미치는 영향이 크다. 촉각의 대표적인 것은 스킨십이다. 스킨십 중에서도, 부모와의 스킨십은 아이에게 정서적인 안정 애착을 갖도록 돕는다. 어릴 때의 안정적인 애착은 아이가 성인이 되어 다른 사람과 관계를 맺고 사회를 살아가는 데 매우 중요한 요소가 된다. 부모 또한 아이와의 스킨십이 많을수록 내 아이에 대한 애정이 더 커지면서 모성애, 부성애가 커진다.

아이에게도, 부모에게도 중요한 스킨십을 놀이에 적용해보자. 아이와 함께 옆에 나란히 누워 손을 잡거나 안아 줄 수도 있고, 아이를 사랑스럽게 안아주거나 어부바를 해 줄 수도 있다. 또, 아이의 머리를 쓰다듬거나 아이의 등을 토닥여주어도 좋고, 베이비 마사지를 통해 스킨십을 할 수도 있다. 특히, 어부바는 부모와 비슷한 높이의 시각에서 세상을 바라보고 부모의 등에 기대어 부모의 마음을 그대로 느낄 수 있어 아이에게 좋다.

스킨십의 방법은 무궁무진하게 많다. 아이와 다양한 방법으로 스킨십을 하며, 몸과 마음의 긴장을 풀고 여유를 갖도록 하자.

■ 3분 신체 놀이

신체 놀이는 스킨십의 연장선이 되어 아이에게 정서적으로 안정감을 준다. 신체 기관들을 다양하게 움직이고 균형을 잡는 과정에서 대근육, 소근육의 발달을 이루면서 두뇌발달에도 영향을 미친다. 그리고 신체 활동의 여러 가지 규칙들로 인지발달과 사회성 발달도 이루어진다.

스킨십을 통해 몸과 마음의 긴장을 풀었다면, 이제는 본격적으

로 놀이를 해보자. 놀이 중에서도 아이들이 가장 좋아하는 놀이
는 신체 놀이이다.

신체 놀이라고 해서 대단한 것을 하지 않아도 된다. 집에서 쉽게
보는 이불을 이용해서 이불 썰매놀이를 할 수도 있고, 택배 박스
를 이용해서 기차놀이를 할 수도 있다. 또, 페트병을 이용한 볼
링 놀이, 훌라후프 놀이, 수건을 이용한 줄다리기 놀이 등 집에
있는 물건을 활용해서 쉽고 간단하게 신체 놀이를 할 수 있다.
앞의 MDB 놀이를 활용해도 좋다.

3분 신체 놀이라고 해서 꼭 신체 놀이를 할 필요는 없다. 편안하
게 누워 아이가 좋아하는 책을 함께 읽어도 좋고, 도란도란 이야
기만 나누어도 좋다. 또는 그림 그리기나 만들기를 해도 좋다.
무엇이 되었든 아이가 좋아하는 놀이가 최고의 놀이이다.

아이와 어떻게 놀이를 시작해야 할까? 어떤 놀이를 해야 할까?
고민만 하지 말고 333 파워 놀이를 이용해 자연스럽게 10분 집
중 놀이를 해보자. 333의 파워 놀이가 30-30-30의 파워 놀이
로까지 이어질 수도 있을 것이다.

이렇게 엄마와 눈을 맞추고, 스킨십도 하고, 즐거운 놀이도 한
아이는 정서적인 안정 애착 외에도 두뇌발달에 큰 영향을 받는
다. 다양한 경험을 하기 위해 다양한 기관의 프로그램을 이용하
는 것도 좋지만, 그전에 아이와 먼저 놀이해 보자. 그래도 부족
하다면 그때 다양한 프로그램의 도움을 받아도 늦지 않다.

PART
06

하루 10분,
내 삶을 바꾸다

육아가 이렇게 쉽다니

　　　　　출산하고 아이를 품에 안은 순간은 정말 세상을 다 가진 것 마냥 행복했고, 내 배에서 나온 아이가 너무 신기하고 기특하기만 했다. 그리고 앞으로 나에게는 핑크빛 미래가 있으리라 생각하며, 내 아이를 정말 잘 키워보겠다고 다짐했다. 하지만 그것도 잠시, 출산 후, 수혈해야 할 정도로 안 좋은 내 몸의 상태, 모유 수유의 어려움, 초유도 먹여보지 못하고 모유 수유를 중단해야 했던 상황, 아이가 울면 이유를 몰라 함께 울었던 날들. 나에게는 불행의 연속으로 느껴졌다. 내가 모자란 엄마이고, 아이에게 좋은 엄마가 아니라는 죄책감에 사로잡혀 있었다. 그뿐만 아니라 아이를 자주 부모님께 맡겨야 했던 나는 내가 생각했던 육아 가치관과 친정엄마, 시어머니와의 육아 가치관의 차이가 있었지만, 전적으로 내 의견을 어필할 수가 없어 답답한 날이 많았다. 그러다 보니 불만이 자꾸 쌓여가기만 했다.

나는 나만의 육아 틀을 만들어 놓고 있었다.

"엄마라면 당연히 이렇게 해야 한다."는 생각뿐만 아니라 주변 사람들의 말에도 신경을 썼다.

"엄마가 돼서 그렇게 하면 되겠어? 너처럼 하면 안 돼."

라는 사람들의 말에도 하나하나 신경 쓰며 거기에 맞추려 하다 보니, 스트레스 지수가 너무 높아졌고, 자존감이 낮아짐과 동시에 나에 대한 실망 그리고 가족에 대한 불만으로 관계도 안 좋아지기 시작했다.

그래서 마음을 굳게 먹고, 마음을 내려놓기로 했다. 친정엄마나 시어머니와의 육아에 관한 방법의 차이에서는

"나 말고 할머니와 함께하면서 아이가 또 배우는 것이 있겠지."

라고 생각을 하였다. 처음에는 쉽지 않았다. 그렇더라도 마음 내려놓기를 반복하다 보니 어느 순간 상황을 여유롭게 볼 수 있었고, 오히려 마음 놓고 부모님께 아이를 맡기고 일도 하고, 내 일이 있으면 자유롭게 일도 볼 수 있었다.

부모님의 양육관도 존중해드리고, 나의 양육관은 양육관대로 지키다 보니 서로 이해하는 부분이 생기고, 서로 맞춰가기 시작했다. 아이가 크고 나서 보니 이 부분은 정말 아무 문제도 아니었다.

그리고 사람들의 말, 시선은 무시하기로 했다.

"네가 내 상황을 알아? 난 지금 이것이 내가 할 수 있는 최선이라고. 그러니 더 이상 말하지 마."라고 생각하면서 듣고 흘리기를 연습했다.

주변의 소음을 끄고 내 내면의 소리에 집중했다.

내 아이가 어떤 사람으로 성장했으면 좋겠는지를 생각했다. 그러다 보니 다른 엄마들의 육아 방법이 나와 내 아이에게 맞는 방법일까에 대해 생각하게 되었다.

이런 생각을 하니 그제야 보이기 시작했다. 나의 장점은 물론, 한계점까지도. 포기할 부분은 빨리 포기하면서 내 마음에서 비우기로 했고, 내가 할 수 있는 건 최선을 다해보기로 했다. 다른 사람의 생각에 따르지 않고 내면에 집중하고, 나와 아이를 생각하며 육아서를 읽기 시작하자, 신기하게도 그동안 갈팡질팡했던 나의 육아관이 정립되기 시작했다.

1. 아이를 최대한 많이 놀게 하기.
2. 잠깐이라도 아이와 함께 놀고 이야기하기.
3. 공부를 강요하지 않기.
4. 책 읽는 습관을 만들어 주기.
5. 좋아하는 것은 지원해 주기.

이렇게 5가지이다.

휴일에 놀이터에 가면 다들 어디 갔는지 아이들이 하나도 없다. 요즘 아이들은 놀 시간이 많지 않은 것 같다. 문화센터를 다니기도 하고, 어린이집이나 유치원에서 온종일 지내다 오니 혼자서 자유롭게 놀이하는 시간이 많이 줄어든다. 혼자서 계획하고 놀이해보고, 실패하고 방법을 모색해 보고해야 하는데, 그럴 시간이 충분하지 않다. 이 부분은 내 아이도 같다고 생각한다. 그래서 최대한 많이 놀게 하고 싶었다.

그리고 직장 다니는 엄마로서 아이와 함께할 시간이 많지 않지만, 잠깐이라도 매일 같이 놀고 대화하자고 다짐했다. 나는 체력이 부족해 퇴근 후 지치는 날이 많았다. 그런 날에는 놀이를 못하더라도 이야기나 책 읽기, 아니면 잘 때 손잡고 꼭 안아주기 등으로 매일매일 아이와 함께하는 시간을 만들어보았다. 앞에서 이야기했듯이 하루 10분 말이다.

공부를 강요하기 싫었던 것은 나도 어릴 때 학원에 다녀보았지만, 큰 효과를 보지 못했다. 지금 생각해 보면 돈과 시간을 낭비한 것 같다는 생각이 든다. 학원에 가더라도 내가 뭐가 부족한지 알고 가야 얻는 것도 있는데, 아무 생각 없이 가라니까 가야지 하다 보면, 정말 얻는 것이 없다. 그래서 아이가 학원 보내 달라고 말하기 전에는 보내지 않기로 했다. 그래도 불안한 마음에 학원을 보내볼까 생각이 들어, 아이에게 물어보면 싫다는 대답에 마음을 다시 접기를 반복하고 있다. 중학교 2학년인 지금도 학습지 외에는 아무 곳도 다니지 않고 있다. 걱정이 안 되는 것은 아니지만, 공부도 본인이 해야 할 일이기에 지켜보고 있다.

나는 마음이 답답할 때마다 책을 읽었다. 책에서 마음의 위로와 안정을 찾고 싶었던 것 같다. 성인이 되고, 육아하면서 만난 진정한 독서를 통해, 내 생각이 하나하나 바뀌고 삶을 대하는 태도가 바뀌었기 때문에, 내 아이도 힘들 때면 책에서 답을 찾았으면 한다. 하지만, 이 또한 아이가 원하지 않으면 강요하지 않으려 한다.

아이에게 책 읽는 습관을 만들어주고 싶어서 한 달에 한 번씩 서점에 데리고 가서 책을 사준다. 그때마다 아이가 골라오는 책은 내게 만족을 주지 못한다. 아이에게 "이거 말고 다른 책??이라고 몇 번 얘기했다가 아이가 책 고르는 것을 어려워하고, 책과 멀어지는 것 같아 만화책이든, 만들기 책이든, 조건 없이 아이가 원하는 책을 사주기 시작했다. 지금은 만화책에 푹 빠져 있지만, 내용이 너무 나쁘지 않으면, 무슨 책이든 책 읽기를 멈추지 않는 것이 좋다고 생각하여 책에 대한 지원만큼은 아끼지 않고 있다. 그리고 좋아하는 것은 최대한 지원해 주고 싶다.

요즘은 공부 못해도 충분히 돈을 벌고 살 수 있는 시대라고 한다. 아이들이 가장 하고 싶은 직업 1위가 유튜브 크리에이터라고 한다. 내가 좋아하는 것 한 가지를 파고들어 그것으로 생산자가 되어 돈 버는 시대가 온 것이다. 굳이 학벌이 중요한 것이 아니라 나를 알고 내가 좋아하는 것을 찾는 가치가 더 중요해진 것이다. 나는 아이가 좋아하는 일을 찾기를 바라고, 그 속에서 삶의 행복을 느끼며 살았으면 좋겠다. 그래서 아이가 좋아하는 것은 무엇이든 지원을 해주려고 한다. 아이가 처음에는 무엇을 좋아하는지 몰랐다. 하지만, 놀이하는 것을 관찰해보니 교통수단을 좋아해서 버스를 다양하게 태워주고, 기차나 지하철 타기, 교통수단 관련 책을 보여주면서 관심을 키워주다가 어느 순간 블록 조립으로 넘어갔다가, 현재는 프라모델 조립과 그림 그리기를 좋아한다. 아이가 좋아하는 분야에서 지원을 요청하면 기꺼이 들어주려고 한다. 그때까지는 관찰 중이다.

주변에 대한 관심을 끄고, 나와 아이에게 집중하다 보니 무엇이 중요하고, 중요하지 않은 것인지를 알고 정리할 수 있었다. 불필요한 것을 제거하고 나와 아이에게 맞는 방법을 찾으니 스트레스도 덜 받고, 육아에 대한 죄책감도 줄어들면서 육아가 훨씬 쉬워졌다.

행복은 가까이에 있었다

결혼 전 나는 자존감이 낮은 아이였다. 친구들은 모두 밝고 자신감이 넘쳐 보이는데, 나는 항상 작게만 느껴지고 누가 의견을 물어보면 "난 아무거나 좋아. 네가 하고 싶은 거로 해."라며 내 의견조차 제대로 말하지 못하는 아이였다. 자존감이 낮으니 행복할 리도 없었다.

결혼을 빨리하고 싶었던 것도, 그리고 결혼했던 것도 결혼하면 남편이 나를 행복하게 해주지 않을까 하는 환상이 있었다. 하지만, 결혼하고 알았다. 사람들이 말하듯 결혼은 현실이라는 사실을.

결혼하고 이전과 달라진 것이 있다면, 모든 것을 나와 남편 둘이서 결정을 해야 했다.

"밥은 뭘 해서 먹을까?"부터 시작해서, 청소는 언제 어떻게 하고, 출근 시간은 어떻게 맞출지, 집에 필요한 물건을 살지 말지,

필요한 물건은 어느 정도의 금액을 살 것인지, 지인의 경조사에는 갈지 말지, 축의금은 얼마를 할지 등등 생활뿐만 아니라 경제 부분에서도 남편과 둘이서 모든 것을 결정하고 실행해야 했다. 내 의견을 가지고 내 삶을 만들어 간다는 것이 재미있었고, 내 삶을 통제한다는 생각에 자존감도 살짝 올라가는 듯했다. 하지만, 아이를 낳으면서 모든 것은 다시 예전으로 돌아갔다. 어떻게 해야 할지 몰라서 이 사람, 저 사람 말을 따르고, 좋은 엄마여야 한다는 강박관념으로 나를 보기보다는 사람들에게 보이는 나로 살고 있었다. 내 삶을 그렇게 놔둘 수는 없었다. 그래서 책을 읽고 생각하며 주변과 비교하지 않고, 나만의 육아관과 가정관을 조금씩 만들어갔다. 이것이 내 자존감 회복의 시작이었다.

행복에 앞서 자존감 이야기를 하는 이유는 내가 내 삶을 통제하고, 내가 계획하고 원하는 대로 살고 있다는 느낌이 나의 자존감을 높여주고, 이는 행복과 바로 연결되기 때문이다.

결혼 후 시행착오를 많이 겪었다. 신랑과 대화가 통하지 않는다며 혼자서 끙끙 앓기도 하고, 밤에 자려고 누워서 혼자 흐느껴 울기도 하며 이혼이 별거 아니라는 생각도 하고, 아이를 키우는 것이 너무 힘들어 모든 것을 포기하고 싶은 생각도 들었다. 주변 사람의 눈치를 보면서 내 마음을 숨기고 사는 것도 너무 싫었다. 그래서 나는 변화하기로 했다.

가장 먼저 한 일은 남편을 이해하는 일이었다.

"나는 이렇게 생각하는데, 남편은 왜 그렇게 생각 안 하는 거지?"라는 생각에, 무엇이 문제인지 남편의 마음을 먼저 알고 싶었다. 그래서 남편의 상황을 이해해 보려고 시도했다.

나는 사람들의 기분을 자주 살피는 성격이어서 상대방을 이해하려고 했던 것은 나에게는 어렵지 않은 일이었다. 하지만, 오래가지는 못했다. 이해하고 참고 참다가 내가 체력적으로나 심리적으로 힘들 때면, 남편에게 짜증 내는 순간이 수시로 찾아왔다. 그러면 남편은 이유를 모르고 당황해했다. 순간, 앗! 했다가도 한번 끓어오른 감정을 쉽게 추스르기는 어려웠다. 시부모님에 대한 것도, 아이에 대한 것도 이해하고 참고 참다가 결국은 남편에게 터뜨렸다. 그러면 며칠간은 남편과 안 좋은 시간을 보냈다. 아이는 옆에서 "엄마 화났어?"라고 물어보면 얼마나 미안하던지. 그래서 한 가지를 더 추가했다.

내 감정을 이야기해보는 것이었다.

어려서부터 내 의견을 잘 말하지 못했던 내가 남편에게 내 마음을 이야기한다는 것은 쉬운 일이 아니었다. 내 감정 말하기는 지금도 현재진행 중에 있다. 그만큼 나에게는 어려운 일이었다. 하지만, 내가 말을 안 하면 남편이 내 속을 알 수 있을까? 나도 모르는 내 속을 말이다.

"오늘은 너무 몸이 너무 힘든 날이었는데, 집에서도 집안일을 하려니 힘들어."

"물건 사용하고 나면 제 자리에 놓으면 안 돼? 나는 매일 정리만 해야 하니까 힘이 드네. 제 자리에 놓으면 내가 다시 정리할 일이 없는데."

"오늘 일찍 자고 싶었는데, 다시 설거지가 나오니까 힘들다."

"우리 바람 쐬러 다녀올까? 오늘은 마음이 답답해서 바람이 쐬고 싶어."라며 하나씩 용기를 내서 말하기 시작했다. 남편도 처음에는 "나도 힘들어"하다가 "태훈아, 오늘 엄마가 힘들대. 우리가 정리하자.", "오늘은 엄마 힘드니까 엄마 쉬라고 하자."라고 말하며 조금씩 나를 배려해 주기 시작했다.

그때 책에서 본 글을 마음으로 이해하는 시간이 되었다.

"아무리 사랑한다고 해도 표현하지 않으면 상대방은 모르는구나. 내가 힘든 것을 힘들다고 말하지 않으면 상대방이 모르는구나. 나의 감정을 이야기해야겠구나."라고 말이다. 내 감정을 말하기 위해 떨어지지 않는 입을 떼느라 엄청 노력했다. 그날 당일에 입이 떨어지지 않아 얘기 못 하고 한참 뒤에 이야기하기도 했다. 이렇게 한마디, 한마디 하다 보니 느리지만, 변화가 나타났다. 남편도 나를 이해하려고 노력하는 모습이 보였고, 본인의 힘든 점을 나처럼 그 당시는 아니더라도 나중에 이야기하기 시작했다. 그리고 내가 바쁠 때는 집안일도 조금씩 하는 모습도 보였다. 비록 내 잔소리로 인해서 하던 것을 멈출 때도 있지만, 남편도 노력하고 있었다. 이런 남편의 모습이 어찌 사랑스럽지 않을 수가 있을까?

내 감정을 표현하면서 마음에는 여유가 조금씩 생기기 시작했고, 여유가 생긴 자리에는 아이에 대한 관찰로 채워졌다. 내 마음을 알게 되니 아이의 마음도 이해해 보려고 노력할 수 있었고, 아이를 기다려줄 수가 있었다.

내가 하나씩 변하면서 나타나는 긍정적인 효과는 나의 자존감을 높였고, 결혼을 잘했다는 생각, 아이가 있는 삶이 행복하다고 생각하게 되었다.

우리는 행복을 멀리서만 찾으려고 한다. 하지만, 행복은 정말 가까이에 있다. 그것도 내 안에 있다. 문제의 상황을 인지하고, 그것을 변화시키려고 노력하면 보상으로 행복이 따라오는 것이다. 마크 맨슨의 「신경 끄기의 기술」이라는 책을 보면, "문제없는 삶을 꿈꾸지 마. 그런 건 없어. 그 대신 좋은 문제로 가득한 삶을 꿈꾸도록 해."라며 행복은 문제를 해결하는 데서 나온다고 한다. 나의 문제점을 인지하고 해결하려고 노력하는 과정을 거치고 나서 보니 이 말에 공감이 되었다.

문제를 피하려 하지 말고, 행복을 맞이하기 위해 문제에 맞서자. 우리는 행복을 맞이할 존재가치가 충분히 있다.

행복을 가까이에서 찾자!

서투른 엄마라 다행입니다

　　　　　처음 보육교사를 할 때만 해도 대부분의 학부모 나이가 나보다 많았다. 그러다가 어느 순간 내 또래의 학부모가 많아지더니, 이제는 내 나이의 학부모를 만나기가 어렵다. 나이가 들어가면서 군인을 볼 때의 느낌과 같아진다. 어릴 때 군인을 보면 군인 아저씨라고 하다가, 청소년을 지나 청년이 되면, 친구들의 입대가 시작되면서 군인이 친구처럼 보이다가, 이제는 내 아이도 머지않아 군대에 간다는 생각에 군인을 보면 자식처럼 느껴진다. 자식 같은 군인을 보면 안쓰러우면서도, 그 힘든 시기를 잘 이겨 나가는 것을 보면 기특하게 느껴지며 예뻐 보인다.

내가 요즘 학부모님을 보면 그런 생각이 든다.

'지금 얼마나 힘든 시기일까? 아이를 어린이집에 맡겨두고 퇴근이 늦을 때는 얼마나 속이 타실까?' 예전의 내 모습이 떠오르면서 안쓰러운 마음이 가득하다.

아이를 처음 낳았던 20대 후반의 내 모습을 생각하면 "웃프다"라는 단어가 떠오른다. 뭐든 생각대로 시도만 하면 잘 될 것 같이 용기를 냈던 모습에 웃음이 나면서도 원하는 대로 되지 않을 때가 많았다. 탈출구가 없는 미로 속에 갇혀 있던 것 같은 느낌으로, 슬펐던 기억이 많은 시기였다.

지금의 엄마들을 보면 그때의 나보다 훨씬 육아를 잘하는 것 같아 모두 존경스럽다.

사람들은 "내가 20대로 돌아간다면.", "내가 10년만 젊었어도.", "난, 그때로 돌아가고 싶어."라고 이야기를 한다. 이런 이야기를 듣고 나도 생각해 보았다.

"나도 과거로 돌아가고 싶은가?"

"과거로 돌아간다 해도 그때의 과거보다 더 나은 삶을 살까?"

나의 대답은 NO!이다. 나는 지금의 내가 좋다. 그동안 내가 노력해서 지금의 삶을 만들었기 때문이다.

내가 이만큼의 삶을 만들 수 있었던 이유, 조금이라도 과거보다 성장할 수 있었던 이유는 무엇일까?

그 이유는 바로 내 아이가 있었기 때문에 가능했다.

지금에서야 내가 이렇게 앉아서 육아에 대한 책을 쓰고 있지만, 나에게 육아가 처음부터 쉽지는 않았다.

「육아 전쟁」이라고 하지 않던가?

육아는 전쟁처럼 힘들다! 전쟁과 같이 몸도 마음도 피폐해지므로 육아 전쟁이라 이름을 붙인 것이라 생각이 든다.

나만 혼자 육아 전쟁을 치르는 것이 아니다. 모든 엄마라면 육아 전쟁을 치르고 있다. 다만, 다른 엄마들의 육아 전쟁이 내 눈에 보이지 않을 뿐이다.

전쟁과 육아 전쟁은 전쟁이라는 같은 단어를 쓰지만 분명 다른 점이 있다.

전쟁은 나의 통제권 밖에 있다. 내가 일으키고 싶었던 것이 아니고, 나의 이익을 위한 것이 아니다. 나 아니면 적이고, 내가 살려면 적을 죽여야 한다. 심지어, "우리"를 위해 아군을 죽이거나 모른 척해야 하는 경우도 생긴다. 결국에는 모두가 피해자가 된다.

하지만, 육아 전쟁은 다르다. 내가 변하려고 노력만 한다면, 얼마든지 통제할 수 있다. 그리고 내가 살기 위해 상대를 죽이는 것이 아니라, 치열한 전쟁을 통해 나와 상대가 모두 함께 성장할 수 있다는, 가장 큰 장점이 있는 것이 육아 전쟁이다. 우리는 이 육아 전쟁을 잘 활용해서 가족 모두가 성장하는 동력이 되도록 만들어보자.

나는 내가 모든 것에 서툴렀던 사람이었음에 감사함을 느낀다. 내가 어려서부터 자존감이 매우 높은 사람이었다면, 조금 수월했겠지만 이렇게까지 나를 탐구하는 시간을 갖게 되었을까? 내가 모든 것을 풍족하게 가지고 있었다면, 부족함에서 오는 행복을 느낄 수 있었을까? 내가 여유가 있는 사람이었다면 아이의 내면을, 그리고 남편의 내면을 보기 위해 노력할 이유가 있었을까?

나는 모든 것이 부족하고, 모자라고, 무엇을 하든 2% 부족하고 어리바리 한, 한마디로 정의하면 서툰 사람이다. 모든 것이 서툴지만 정말 잘 살고 싶었고, 가족과 함께 행복하게 살고 싶었다. 그리고 아이가 웃을 수 있는 일만 만들어주고 싶었다. 부족한 내가 이런 꿈을 꾼다면 욕심인 걸까?

누구나 행복할 권리가 있고, 누구나 웃을 자유가 있다. 나는 이 권리를 누리고 싶었다. 그래서 변화하기로 했다. 아주 조금씩 말이다.

서툴렀기 때문에 더 많이 고민했고, 서툴렀기 때문에 더 많은 시행착오와 경험을 할 수 있었고, 서툴렀기 때문에 울면서도 다시 시도했다. 그 결과 지금 내 삶에 만족한다. 이렇게 노력해서 지금의 삶을 만들었기에 나는 과거로 돌아가고 싶지 않다. 현재에 만족하며 앞으로 다가올 미래를 행복하게 맞이하고 싶다. 그리고 앞으로 내가, 우리 가족이 얼마나 더 성장할지 궁금해진다.

누구나 처음은 서툴다.

음식을 처음 할 때도 서툴고, 회사 일도 처음 할 때는 서툴고, 친구 관계도 처음은 서툴다. 서로 적응하고 이해하는 데 시간이 필요하기 때문에 부부 관계, 부모 자식 관계도 처음에는 서툰 것이 당연하다.

처음부터 "좋은 엄마"가 되려 하지 말자. 좋은 엄마란 누구의 기준에서 좋은 엄마일까? 내가 정해 놓은 틀 속의 좋은 엄마에 나를 끼워 맞추려는 것은 아닐까?

좋은 엄마 말고 "함께 하는 엄마"가 되자.

아이가 놀 때 엄마도 함께 놀고, 아이가 이야기할 때 함께 이야기를 들어주고, 아이가 성장할 때 함께 성장하는 엄마가 되자. 엄마도 아이처럼 성장이 필요하다. 성장해 가는 것을 두려워하지 말고 기쁘게 맞이하면 좋겠다.

좋은 엄마라는 생각을 조금만 내려놓으면 누구나 육아의 부담을 벗고, 나의 부족한 면을 인정하면서 함께 성장하는 엄마가 될 수 있다.

오늘부터 함께 성장하는 엄마가 되어보자.

하루 10분 기적의 놀이 시간

아이와 함께 하는 시간이 얼마나 되면 좋을까?

이 질문을 들으면,

"저는 일하는 워킹 맘이라 아이와 함께할 시간이 정말 없어요."

"저는 아이와 온종일 있지만, 제대로 놀아주지 못하는 것 같아요. 온종일 아이와 함께 있는 것이 너무 힘들어요."

라고 말하고 싶은 분이 많으리라 생각한다. 나 또한 일하느라 아이를 볼 시간이 너무 부족하다고 생각했고, 야근하는 날이면 아이와 함께할 시간이 더 없어진다는 생각에 속이 타들어 갔다.

그러던 어느 날 이런 말을 들었다.

"양보다 질이다."

오랜 시간을 보내지만, 아이와 힘들게 지내는 것보다 짧은 시간이라도, 아이와 밀도 있게 보내는 것이 아이와의 관계에서 더 좋다는 뜻이다.

아이와 함께할 시간이 항상 부족했기에 "일을 그만두고 집에서 아이를 보는 것이 더 낫지 않을까?"란 생각을 하며, 일을 그만두고 싶었던 적이 셀 수 없이 많았다. 하지만, "집에 있는 동안 내가 아이와 계속 놀고 웃으며 지낼 수 있을까"를 생각해 보면 대답은 "자신 없다"이었다. 퇴근 후에 아이를 잠깐 볼 때도, 아이의 행동이 내 마음에 들지 않으면 잔소리를 하는 나인데, 온종일 함께 있다고 생각하면, 내가 아이에게 잔소리를 얼마나 많이 하겠는가? 또, 아이는 나의 잔소리에 얼마나 숨 막혀 할까?

어린이집이나 유치원에서 엄마 이외에 다른 사람도 만나고, 할머니, 할아버지와 함께하면서 응석도 부리고 다양한 삶의 방향을 알아가는 것도 괜찮지 않을까? 아이가 아주 어린 영아의 경우는 엄마와 함께 하는 것이 최고이지만, 상황이 어쩔 수 없다면 부정적으로 생각하는 것보다는 좋은 방향으로 생각해 보는 것이 나와 아이의 정신 건강에도 좋지 않을까?

워킹 맘의 경우 엄마가 아이와 오랜 시간 함께해 주지 못하는 것에 대해서 아이에게 미안해하는 모습을 많이 본다. "엄마가 미안해"라는 말을 자주 하는 엄마들이 많다. 그런데, 뭐가 미안하다는 것인가? 엄마도 가정의 경제를 위해, 힘들어도 일터에 나가서 일한다. 쉬고 싶지만, 아파도 나가서 일하고 집에 오면 집

안 일에도 최선을 다하려 노력하고, 아이까지 잘 키우려고 노력한다. 도대체 뭐가 미안하다는 것인가?

엄마를 기다리는 아이의 모습을 생각하면 짠하다. 더욱이, 아이가 어린이집이나 유치원에 안 가겠다고 울고불고하면 엄마 마음에서는 피눈물이 난다. 그러면서 그동안의 강인함이 와르르 무너진다. 그러나 이것은 잠시 뿐이다. 어린이집에서 아이들을 보면 놀라울 정도로 적응력이 빠르다. 아이가 아무리 어려도 아이도 상황을 잘 알고 그에 맞춰 적응한다. 그러니 아이에게 미안하다는 표현을 하지 말자. 대신, 함께 있는 동안 즐겁게 지내고, 일하는 당당한 엄마의 모습을 보여주자. 전업 맘도 더 많은 것을 해줄 수 없다고 미안해하지 말자. 주변의 것, 나에게 있는 것에 감사하고 소중히 하는 마음을 길러주자. 그것이 아이의 성장에 훨씬 더 좋은 방법이다.

오랜 시간 함께 하려는 마음보다는 10분이지만, 짧게라도 밀도 있게 지내는 연습을 하는 것이 좋다. 집에서 아이와 함께 있는 시간에 아이에게 혼자 놀이할 시간도 주고, 혼자 탐색하고 생각할 시간을 주고, 그 시간에는 엄마도 엄마의 할 일을 하면 좋겠다. 그리고 아이가 찾을 때는 아이 옆에 함께 있어 주면 된다.

고코로야 진노스케의 「기다려주는 육아」라는 책에 "엄마는 내 편이라는 따뜻한 기억만 있으면, 살아가는 동안 만나는 웬만한 역경은 거뜬히 이겨낼 수 있다."라고 말한다. 아이를 키우고 나서 보니 아이는 엄마와 그때 무엇을 했느냐보다, 그때 당시의 엄마와의 기억이 어땠는지를 기억한다. 나 역시도 나를 따뜻하게 바라보시던 엄마의 눈빛, 엄마에게 안겼을 때의 따뜻하고 포근했던 느낌으로 지금까지 힘든 일도 잘 이겨냈다고 생각한다.

우리도 아이에게 따뜻한 엄마가 되어주는 것은 어떨까?

따뜻한 엄마는 오랜 시간 함께 있지 않아도 괜찮다. 아이가 필요로 할 때, 아이가 힘들어할 때 그때 옆에서 따스한 눈빛으로 바라봐 주고 안아주면 된다.

육아하다 보면 엄마도 지치기 마련이다. 천하무적의 초인이 아닌 이상 어떻게 매일 지치지 않을 수 있겠는가? 엄마의 몸과 마음이 편안해야 아이를 따뜻하게 바라볼 힘도 생긴다. 내가 너무 힘들다면, 주변 지인에게 도움받는 것을 두려워 말자. 부모님, 형제, 친척, 이웃 등 내 주변 사람의 도움을 기꺼이 받고, 나를 추스르자. 아이에게 엄마가 필요로 할 때 따뜻함을 줄 수 있도록.

오늘부터 매일 최소 10분 만이라도 아이에게 집중해 주자. 10분의 놀이를 통해 엄마는 너를 정말 사랑한다는 따뜻한 메시지를 매일매일 전하도록 하자. 10분이지만, 매일매일 사랑받는 아이는 마음이 튼튼한 아이로 성장할 것이다.

05

하루 10분이면 기적의 놀이 육아면 충분하다

"하루 10분"이라고 들으면 부담이 되는가? 그렇지 않을 것이다.

10분이라는 시간은 틈새 시간이라고 할 수 있다. 일과에서 10분의 시간은 얼마든지 찾을 수 있다. 잠깐 쉬기 위해 소파에 누워도 10분은 금방 지나고, 뭘 좀 볼까 하고 핸드폰의 유튜브를 보더라도 10분은 금방이다. 텔레비전을 보기 시작하면 10분이 무엇인가? 하루 중 몇 시간은 금방 흘러간다.

우리의 일과에서 비어 있는 10분이라는 시간을 찾아보자.

내가 가장 무의미하게 보내는 시간이 어느 시간대에 몰려있는지도 찾아보자. 이렇게 찾은 10분을 앞으로는 아이와 행복하고 의미 있는 시간으로 만들어보는 것은 어떨까?

아무 생각 없이 10분이라는 시간을 마주하면 어영부영하다 시간이 흘러간다. 앞에서도 이야기했지만, 10분의 시간은 무의미하게 흘려보내기 딱 좋은 시간이다. 10분이라는 시간을 찾았고, 아이와 알차게 10분의 시간을 보내고 싶다면 일하는 시간 틈틈이, 장을 보거나 집안일을 하는 동안 틈틈이 아이와 무엇을 할지부터 생각해보자. 간식거리를 함께 만드는 것도 좋고, 잠자기 전에 이불로 놀이를 하는 것도 좋고, 신문을 보는 집이라면 신문을 이용한 놀이도 좋다. 떠오르는 놀이가 없다면 아이가 좋아하는 책을 함께 읽는 것도 좋다. 아니면 잠자기 전 서로 껴안고 잠이 드는 것도 좋다. 아이와 함께 하는 10분이라는 시간을 매일매일 꼭 만드는 것이 중요하다.

매일매일 다른 활동을 생각하기 어렵다면, 프로젝트처럼 한 가지를 가지고 다양하게 놀이해보자.

이불을 이용하기로 했다면, 첫째 날은 이불 썰매 타기, 둘째 날은 이불 김밥 놀이, 셋째 날은 이불집 만들기 놀이를 하는 것이다.

내가 아는 지인은 독후 활동 놀이를 매일 아이와 함께했다. 매달 1권의 책을 골라 아이와 함께 읽고, 그 책의 내용에서 떠오르는 활동을 한 달 동안 매일 1가지씩 하는 것이다. 「아빠와 함께 피자 놀이를」이라는 책을 활용해서 종이로 피자 만들기 놀이, 아빠와 놀이 한 가지, 아빠와 요리하기 등 다양한 활동을 하셨다.

나의 경우 아이가 한동안 매니큐어에 관심을 보였다. 하루는 함께 손톱에 매니큐어를 바르고, 다음 날은 플라스틱 CD 케이스에 그림을 그린 후 매니큐어로 색칠하기 놀이를 했다.

이렇게 한 가지 책이나 물건으로 매일매일 다양한 놀이를 하다 보면, 아이가 그 책이나 물건을 다양하게 탐색하여 아이의 관찰력을 높여주는 효과도 있다.

아이에게는 일관성, 지속성이 중요하다.

앞으로의 일을 예측하며 안정감을 갖고, 아이 스스로 계획을 세울 수 있기 때문이다.

성인 또한, 일관성과 지속성이 중요하다.

매일, 매시간 새로운 사건이 생긴다면 언제 어떤 일이 벌어질지 몰라 스트레스 지수는 올라가고 불안함을 안고 살아야 한다. 하지만, 일상에서 일관성을 유지하며 안정감 있게 보내면, 무엇인가를 지속할 수 있고 그 속에서 성장도 하게 된다.

우리 아이에게도 일관성과 지속적인 놀이로 행복을 선물해 주자.

보통 새로운 습관이 몸에 익숙해지기 위해서는 21일이라는 시간이 필요하다고 한다.

우리도 아이와의 놀이 습관을 만들기 위해, 하루 10분, 3주간 실천해보자.

처음에는 10분이라는 시간을 만들어내기 쉽지 않을 것이다. 오늘 하루 못했다고 해서 좌절하지 말고, 내일 다시 시작하자! 우리에게는 내일이 있지 않은가? 작심삼일이 될지라도 그것을 계속 반복하면 된다. 그렇게 작심 일일을 반복하는 것이다. 작심 일일이라면 매일매일 새로 다짐하고 실천하면 된다. 처음에는 힘들었던 10분이 어느 순간 내 몸에 익숙해짐을 느끼고, 아이와 함께하지 못한 날이면 허전함이 몰려올 것이다. 이렇게 되면 아이와 함께하는 10분이 내 생활의 일부가 된 것이다. 아이도 매일매일 10분을 함께 하는 시간을 통해 행복함을 느끼고, 다음 날을 기다리는 설레는 삶을 살게 될 것이다.

"에이, 10분 너무 짧은 거 아니에요?"라고 말할 수도 있다. 10분 이상 아이와 함께하면 좋지만, 매일 유지하기란 쉽지 않을 것이다. 포기하거나, 하다 마는 것보다 아주 작은 시간이지만 매일 그리고 지속적인 것이 아이에게 긍정의 영향을 더 많이 미친다. 짧은 시간이라고 무시하지 말자. 아무리 사소한 것이라도 쓸모가 있는 법이다. 우리가 버리기 쉬운 10분이라는 시간을 아이와의 행복한 시간으로 만들면, 그만한 수확이 어디 있는가? 특히, 요즘 코로나19로 육아가 힘든 상황이지만, 하루 10분 아이와 함께하기는 이 시기에 그 어떤 방법보다도 가장 효과 큰 육아 방법이 될 것이다.

매일 성공적인 10분의 놀이로 아이는 행복함을, 엄마는 육아 자존감을 키우면 좋겠다.

행복은 멀리 있지 않다.

우리가 얼마든지 마음만 먹으면 내 안에서 찾을 수 있는 것이다. 하루하루가 바쁘고 고된 일상을 살아가는 우리 대한민국의 엄마들.

우리는 행복할 권리가 있다.

우리의 행복을 찾고, 아이에게도 행복을 물려주자.

내가 육아를 통해 자존감을 회복하고, 성장하고, 행복을 찾은 것처럼 여러분도 충분히 할 수 있다. 요즘 어린아이를 키우는 엄마들을 보면, 나보다 훨씬 똑똑하게 아이를 더 잘 키우신다. 여러분보다 부족한 나도 했으니 여러분은 더 잘할 수 있다.

육아 전쟁을 치르고 있는 엄마들이여!

어차피 겪어야 하는 전쟁. 육아 전쟁을 통해 가족 모두 성장하는 삶을 만들어 가기를 진심으로 응원한다.

"에이, 10분
너무 짧은 거 아니에요?"라고
말할 수도 있다.
10분 이상
아이와 함께하면 좋지만,
매일 유지하기란
쉽지 않을 것이다.

"내 아이의 능력을 믿어주세요"

　　　　　책을 쓰는 동안 저와 아이가 그동안 함께 했던 시간이 주마등처럼 흘러갔습니다.

아이를 낳아 처음 내 가슴에 안겼던 아이의 체온이 지금도 느껴지는 듯합니다. 어떻게 그 조그만 생명체가 내 배에서 나올 수 있었을까 신기하며 태어난 아이가 기특하기도 했지만, 곧바로 실전 육아에 돌입하며 무엇을 해야 할지 몰라 당황했던 순간들, 또 어떤 선택을 하는 것이 옳은 것인지 어렵고, 모든 것이 힘들어 방황했던 부분을 쓸 때는 눈물을 흘리기도 했습니다. 그러면서도 아이와 만들었던 추억을 하나하나 생각하니 그 순간이 얼마나 행복했던지, 저도 모르게 미소를 짓기도 했습니다.

아이를 낳기 전에는 누구나 다 하고 있기에 아이 키우는 일이 저절로 되는 일인 줄 알았습니다. 그래서 엄마가 되는 것은 배우지 않아도 쉽게 할 수 있다고 착각을 했던 것이지요. 하지만, 아이를 낳고 보니 세상에서 이렇게 힘든 일이 또 있을까 싶었습니다. 엄마도 나를 키울 때 이렇게 힘들게 키우셨겠다는 생각에 가슴이 먹먹해지며 엄마에게 더 미안한 감정이 많이 생겼습니다.

육아는 한 마디로 롤러코스터와 같습니다. 나의 바닥을 경험하기도 하고, 반대로 세상 누구보다도 행복함을 경험하지요.

육아는 진정으로 나에 대해 알아가는 과정이었습니다. 그 어느 때보다도 나에 대해 치열하게 고민하며 나의 과거부터 돌아보는 시간이었습니다.

사람은 누구나 기억하고 싶지 않은 과거가 있지요. 무의식 속에 덮어두었던 과거가 육아와 만나면 의식 밖으로 조금씩 그리고 서서히 나오기 시작합니다. 마주하기 싫었던 과거와 마주하는 순간은 고통스럽고 괴로워서 도망가고 싶고요. 저도 도망가고 싶은 생각이 수도 없이 많이 들었습니다. 그래서 육아 초반에 그렇게도 가정과 육아에 소홀했는지도 모르겠습니다. 하지만, 도망간다고 해결되는 것은 아무것도 없었습니다. 오히려 자존감만 더 낮아지며 상황을 악화시킬 뿐이었습니다. 도망 대신 해결책을 찾는 것이 더 빠르겠다는 생각이 들면서 과거의 저를 바라보는 과정을 반복하며 저를 인정하기 시작했습니다. 그리고 저를 제대로 바라보아야 아이도 제대로 바라볼 수 있다는 것을 느꼈습니다.

프로이트는 자아가 위협을 받는 상황에서 자신을 보호하기 위해 방어기제를 사용한다고 합니다. 육아는 이전에는 느낄 수 없었던 새로운 것들을 요구하기에 어느 무엇보다도 나에게 큰 위협이 될 수 있습니다. 그렇기에 더욱 다양한 방어기제들을 쏟아내게 되는 것 같아요. 하지만, 아이를 위해 엄마는 언제까지나 방어기제 뒤에 숨어 있을 수만은 없습니다. 이제부터 방어기제 밖으로 나와, 작은 변화를 하나씩 만들어 가는 것은 어떨까요?

그 변화를 아이와 10분 놀이로 시작하셨으면 좋겠습니다.

처음부터 쉬운 것은 없습니다. 하지만, "티끌 모아 태산"이라고 작은 변화들도 하나씩 만들어 가다 보면 어느 순간 나와 아이 그리고 어쩌면, 남편까지도 이전과는 다르게 성장해 있는 것을 느낄 수 있을 것입니다.

육아 초기에는 나의 많은 것을 포기해야 한다고만 생각했었습니다. 나만 모든 것을 포기해야 하는 것 같았기에 그래서 너무 억울했습니다. 하지만, 주변의 눈을 의식하기를 조금씩 내려놓았더니 나에게도 아이에게도 적합한 방법을 찾을 수 있었습니다. 그뿐만 아니라 육아 자존감도 올라가기 시작했고요. 나도 세상에 유일무이한 존재이고, 내 아이도 세상에 하나뿐인 존재입니다. 누구와도 비교하지 말고, 나와 아이를 세상에 하나뿐인 존재로 인정하기 시작하면 제가 그러했던 것처럼 여러분도 나만의 방법을 찾을 수 있다고 생각합니다.

내 아이의 능력을 믿어주세요. 부모의 믿음은 아이에게 든든한 지원군이 됩니다.

어린이집에서 부모님들을 뵙고 이야기를 나누다 보면, 모두가 육아에 대한 지식도 많이 갖고 계시고 아이를 사랑하는 마음도 정말 깊다는 것을 느낄 수 있습니다. 하지만, 육아로 힘들어하시는 모습을 뵐 때면 마음이 참 아픕니다. 여러분보다 의지도 더 약하고, 자존감이 낮았던 저도 조금씩 변화를 만들어 왔습니다. 그렇기에 여러분들은 저보다도 훨씬 더 잘 해내시리라 믿습니다.

여러분의 진정한 모습과 꿈을 찾아가는데, 이 책이 조금이라도 도움이 되었으면 좋겠습니다.

행복한 육아를 만들어 가시기를 진심으로 응원합니다.

행복한 육아를 꿈꾸며,

윤정란

부록 : ①

· · · · · · · · · · ·

코로나 19, 실내에서 할 수 있는
하루 10분 놀이

1. 파라슈트 놀이

• 파라슈트나 여러 개 엮은 보자기를 활용한다.

• 아이와 부모가 서로 반대편에서 잡고 흔든다.

• 아이가 안에 들어가고 엄마, 아빠가 흔들어주다가 아이를
  덮어주고 들어주고를 반복한다.

• 파라슈트나 보자기 위에 아이를 앉히고 썰매를 태워준다.

2. 점토 놀이

• 밀가루 반죽이나 시중에서 파는 점토를 활용한다.

• 손으로 조물조물 반죽하며 떼어내고, 붙이기 놀이를 한다.

• 모양을 만들어 소꿉놀이나 자동차 놀이에 활용한다.

• 유아의 아이는 만들고 싶은 다양한 모양을 만들어본다.

3. 물감 놀이

- 팔레트에 물감을 준비하고, 붓과 물통을 준비한다.
- 손이나 붓을 이용해서 전지 위에 자유롭게 그림을 그린다.
- 화장실 욕조에서 그림을 그릴 수도 있다.

4. 신문지 찢기 놀이

- 신문을 보며 아이가 관심 있어 하는 그림이나 사진을 본다. 유아의 경우 글자 찾기 놀이를 하는 것도 좋다.
- 신문지를 찢는다.
- 찢은 신문지를 뿌리며 신체놀이를 한다.
- 놀이 후 찢어진 신문지를 모아 공을 만들어 공놀이를 할 수 있다.

5. 거미줄 놀이

- 방문을 열고 문틀에 테이프로 거미줄처럼 붙인다.
- 4의 신문지로 만든 공을 던져서 테이프 거미줄에 붙여본다.
- 볼풀 공이나 다른 장난감들을 붙여볼 수 있다.

6. 풍선 놀이

- 풍선을 불었다가 손을 놓아 바람이 빠지며 풍선이 이동하는 모습을 관찰한다.

- 풍선을 불어 아이와 풍선을 던지고 받기 놀이를 한다.
- 물 풍선을 만들어 욕조 안에서 가지고 놀이할 수도 있다.

7. 재활용 만들기 놀이

- 요플레 통, 요플레 숟가락, 빨대, 휴지심, 화장품 상자 등 다양한 재활용품을 준비해둔다.
- 테이프를 이용해서 자유롭게 재활용을 이용한 만들기를 한다.
- 아이가 만든 작품은 집에 일주일 정도 전시해 주면 좋다.

8. 책 놀이

- 그림책을 읽고 그림책의 내용과 관련된 놀이를 한다.
- 여러 권의 책을 펼쳐서 세워서 다양한 모양의 울타리를 만들어 줄 수도 있다.

9. 종이접기 놀이

- 비행기나 배를 접어 놀이를 할 수 있다.
- 6세 이상의 유아는 쉬운 종이접기 책으로 아이 스스로 종이접기 해 볼 기회를 주는 것도 좋다.

10. 거품 놀이

- 도화지 위에 파스텔로 색칠을 한다.

- 구연산과 베이킹파우더를 도화지 위에 뿌려둔다.
- 스포이트로 물을 떨어뜨려 주면서 거품이 생기는 것을 관찰한다.

11. 과자 그림 놀이
- 도화지 위에 그림을 그린다.
- 다양한 종류의 과자를 이용해서 그림 위에 놓아 과자 그림을 그려본다.

12. 매니큐어 색칠 놀이
- 투명한 CD 케이스나, 투명한 플라스틱 상자를 준비한다.
- 검은색 네임 펜으로 투명 플라스틱 위에 그림을 그린다.
- 엄마가 사용하지 않는 매니큐어를 이용해 그림을 색칠한다.
- 환기를 잘 시켜주도록 한다.

13. 카드 뒤집기 놀이
- 하드 보드지를 같은 크기의 네모 모양으로 잘라 20개 이상 준비해둔다.
- 두 가지 색의 색종이를 준비하며 각 각의 카드 앞, 뒷면에 붙인다.
- 두 가지 색보다 아이가 좋아하는 두 개의 캐릭터 그림을 붙여도

좋다.

- 엄마와 아이가 색깔 한 가지씩 선택하고 노래를 틀어 끝날 때까지 카드를 뒤집어 내가 선택한 색깔이 위로 보이게 한다.
- 누구의 카드가 더 많이 보이는지 세어본다.

14. 이불집 놀이

- 소파와 의자를 놓고 그 위에 얇은 이불을 덮어 이불집을 만들어 둔다.
- 아이가 자유롭게 들어갔다 나왔다 하면서 이불집 놀이를 한다.

15. 그림자놀이

- 불을 끄고, 손전등을 이용해 벽면 한쪽을 비춘다.
- 손전등 앞에서 손을 이용하여 다양한 모양을 만들어본다.
- 아이가 좋아하는 자동차나 인형을 손전등 앞에서 비추면서 크기가 커지고 작아지는 모습을 관찰해도 좋다.

16. 상자 기차놀이

- 커다란 택배 상자를 이용해서 상자의 위, 아래를 잘라준다.
- 같은 모양의 상자를 2~3개 준비하여 끈으로 연결하여 아이가 상자 속에 들어가 움직일 수 있는 기차를 만든다.
- 아이와 부모가 함께 상자 기차를 타고 기차놀이를 한다.

- 작은 상자를 이용해서 인형을 태우고 끌고 가며 기차놀이를 할 수도 있다. 이때는 상자 밑면은 자르지 않는다.
- 큰 상자는 상자의 뚜껑을 문으로 만들어 아이에게 상자 집을 만들어 줄 수도 있다.

17. 청소 놀이
- 엄마가 청소할 때 아이가 청소기에 관심을 보이면 한쪽 공간에서 청소기를 돌려보도록 한다.
- 엄마가 걸레질할 때 아이는 물티슈로 장난감을 닦으며 함께 청소 놀이를 한다.

18. 낚시 놀이
- 나무젓가락에 줄을 달고 끝에 자석을 붙여 낚싯대를 만든다.
- 종이에 물고기 그림을 그리고 오린 후 클립을 끼워준다.
- 낚시 놀이를 한다.

19. 종이컵 쌓기 놀이
- 종이컵을 많이 준비해둔다.
- 유아는 스스로 종이컵으로 높이 탑을 쌓고 무너뜨리며 놀이를 한다.
- 영아는 부모가 종이컵을 쌓아주면 영아가 쓰러뜨려 보도록

한다.

• 종이컵 포개기, 종이컵에 장난감 담기 놀이로 확장할 수 있다.

20. 색깔 얼음 그림

• 물을 얼린 얼음이 녹는 과정을 보며 손으로 탐색한다.

• 우유, 오렌지 주스, 포도 주스 등 색깔이 있는 음료를 얼려서
얼음 주스 맛도 보고, 종이 위에 얼음 주스로 그림을 그려본다.

부록 : ② 나만의 육아관 만들기

[예시]

나 윤정란은
나의 아들 태훈 이에게 이렇게 지원하겠다.

1. 아이를 최대한 많이 놀게 하기.
2. 잠깐이라도 아이와 함께 놀고 이야기하기
3. 공부를 강요하지 않기.
4. 책을 읽는 습관은 만들어 주기.
5. 좋아하는 것은 지원해주기

[실천]

나 _____ 은
나의 아들 _____ 이에게 이렇게 지원하겠다.

1.

2.

3.

4.

5.

부록 : ③ 텐텐텐 미라클

[예시]

날 짜	○○○○년 ○월 ○일 ○요일		
틈새시간	저녁식사 후		
오늘의 놀이	이불 썰매놀이	동적놀이	○
		정적놀이	
	저녁을 먹은 후 뒹굴뒹굴 누워있던 태훈 이를 무릎담요 위에 앉혀주었다. 이불을 끌어 썰매를 태워주자 까르르 웃는다. 앉아 있다가 이불 위에 눕 더니 다시 끌어달라고 한다. 누워서 끌어주는 것을 더 좋아한다. 여러 번 이불 썰매를 태운 후 마지막에는 씻으러 가자고 이야기하며 화장실 앞까 지 데려갔다. 안아서 씻기러 들어가니 울지 않고 화장실에 잘 들어갔다.		
	이불 썰매놀이가 씻기기 위해 화장실에 데려가는 데 유용했다. 내일은 기차놀이를 활용해 볼까 한다.		

[실천]

날 짜			
틈새시간			
오늘의 놀이	이불 썰매놀이	동적놀이	
		정적놀이	
틈새놀이			
놀이평가			

부록 : ④ 내 아이 강점 찾기

[예시]

○○○○년 ○월 ○일 ○요일							
음악 지능	신체운동 지능	논리수학 지능	언어 지능	공간 지능	인간친화 지능	자기성찰 지능	자연친화 지능
		○		○			

블록을 가지고 놀다가 벽에 자동차를 세운다. 다른 자동차를 가져와 그 뒤에 세운다. 노란색 블록을 가져와 그 뒤에 세운다. 자동차와 블록을 하나씩 가져와 열거해서 뒤에 세운다. 자동차가 비뚤게 서 있자 바로 세워준다. 자동차를 앞으로 밀고 간 뒤, 차례로 뒤에 세워 둔 자동차와 블록을 맨 앞의 자동차 뒤로 밀어서 가져가 다시 일렬로 세운다.

[실천]

○○○○년 ○월 ○일 ○요일							
음악 지능	신체운동 지능	논리수학 지능	언어 지능	공간 지능	인간친화 지능	자기성찰 지능	자연친화 지능

연령별 추천도서

01 : 0세

01 | 달님 안녕   하야시 아키코 지음

■ 추천이유
까꿍 놀이, 감정에 따른 표정의 변화를 느낄 수 있다.

한림출판사

02 | 누가 숨었지?   편집부 지음

■ 추천이유
까꿍 놀이, 촉감과 청각을 느낄 수 있다.

애플비북스

03 | 깜짝깜짝! 색깔들   척 머피 지음

■ 추천이유
팝업 북으로 재미를 느끼고, 색깔을 탐색할 수 있다.

비룡소

04 | 우리 아기 알록달록 동물 촉감책 스텔라 배곳 지음

■ 추천이유
동물의 이름을 익히고, 다양한 촉감을 느낄 수 있다.

어스본 코리아

05 | 사과가 쿵! 다다 히로시 지음

■ 추천이유
의성어의 재미를 느낄 수 있다.

보림

02 : 1세

01 | 나랑 친구할래? 최숙희 지음

■ 추천이유
까꿍 놀이, 감정에 따른 표정의 변화를 느낄 수 있다.

웅진주니어

02 | 두드려 보아요 안나 클라라 티돌름 지음

■ 추천이유
색깔을 인지하고, 상황을 예측해보는 능력을 키울 수 있다.

사계절

03 | 응가하자, 끙끙 최민오 지음

■ 추천이유
배변 훈련에 익숙해지도록 돕는다.

보림

04 | 안아 줘! 제즈 앨버로우 지음

■ **추천이유**
스킨십의 따스함을 느끼고, 부모님의 사랑을 느낄 수 있다.

웅진주니어

05 | 우리 엄마 어디 있어요? 기도 반 게네흐텐 지음

■ **추천이유**
엄마의 사랑을 느끼고, 분리불안 해소를 돕는다.

한울림 어린이

03 : 2세

01 | 기분을 말해봐 앤서니 브라운 지음

■ **추천이유**
다양한 감정의 표현을 돕는다.

웅진주니어

02 | 누가 내 머리에 똥 쌌어? 베르너 홀츠바르트 지음

■ **추천이유**
색깔을 인지하고, 상황을 예측해보는 능력을 키울 수 있다.

사계절

03 | 누구 그림자일까? 최숙희 지음

■ **추천이유**
창의력을 기를 수 있다.

보림

04 | 곰 사냥을 나자
헬린 옥슨버리 지음

■ **추천이유**
다양한 날씨를 느끼고, 의성어 의태어의
재미를 느낄 수 있다.

시공주니어

05 | 엄청나게 큰 공룡 백과
알렉스 프리스 지음

■ **추천이유**
공룡에 대한 호기심을 채워줄 수 있다.

어스본 코리아

04 : 3세

01 | 색깔 나라 여행
제홈 뤼이이에 지음

■ **추천이유**
색깔의 느낌을 느낄 수 있다.

크레용 하우스

02 | 무지개 물고기
마르쿠스 피스터 지음

■ **추천이유**
색깔을 인지하고, 상황을 예측해보는 능력을 키울 수 있다.

시공주니어

03 | 구름빵
백희나 지음

■ **추천이유**
상상의 날개를 펼 수 있다.

한솔수북

04 | 입이 큰 개구리　　　　키스 포크너 지음

■ **추천이유**
팝업 북의 재미를 느낄 수 있다.

미세기

05 | 착한 아이 사탕이　　　　강밀아 지음

■ **추천이유**
아이의 마음을 달래줄 수 있다.

글로연

05 : 4세

01 | 돼지책　　　　앤서니 브라운 지음

■ **추천이유**
가족의 협력에 대해 생각해 볼 수 있다.

웅진주니어

02 | 강아지 똥　　　　권정생 지음

■ **추천이유**
존재의 가치에 대해 생각해 볼 수 있다.

길벗어린이

03 | 괴물들이 사는 나라　　　　모리스 샌닥 지음

■ **추천이유**
아이들의 불만을 해소하고 상상의 날개를 펼 수 있다.

시공주니어

04 | 지각대장 존
존 버닝햄 지음

■ 추천이유

아이들의 불만을 해소하고 상상의 날개를 펼 수 있다.

비룡소

05 | 치과 의사 드소토 선생님
윌리엄 스타이그 지음

■ 추천이유

사건 전개의 긴장감과 재미를 느끼고,
재치를 배울 수 있다.

비룡소

06 : 5세

01 | 100층짜리 집
이와이 오시오 지음

■ 추천이유

더 큰 숫자를 인지하게 되고, 상상력을 키울 수 있다.

북뱅크

02 | 종이 봉지 공주
로버트 문치 지음

■ 추천이유

성별에 따른 고정관념을 바꿀 수 있다.

비룡소

03 | 틀려도 괜찮아
마키타 신지 지음

■ 추천이유

아이들에게 용기를 준다.

토토북

04 | 선인장 호텔　　　　　B.기버슨 지음

■ 추천이유
함께 산다는 의미를 알려준다.

마루벌

05 | 도서관에 간 사자　　　미셸 누드슨 지음

■ 추천이유
공공기관에서의 규칙을 알 수 있고, 함께하는
따뜻함을 느낄 수 있다.

웅진주니어

07 : 초등학생 이후 – 생각나누기 좋은 책

01 | 여름잠 자는 다람이　　　이지은 지음

■ 추천이유
아이 스스로의자존감을 높일 수 있다.

프로방스

02 | 마법의 설탕 두 조각　　미카엘 엔더 지음

■ 추천이유
부모와 자식의 입장을 바꾸어생각해 볼 수 있다.

한길사

03 | 늑대가 들려주는
　　 아기돼지 삼형제 이야기　　존 셰스카 지음

■ 추천이유
타인의 관점에서 바라볼 수 있는 새로운 시각을
줄 수 있다.

보림

04 | 까만 달걀　　　　　　　　벼릿줄 지음

■ 추천이유
다문화에 대한 이해를 도울 수 있다.

샘터

05 | 책과 노니는 집　　　　　　이영서 지음

■ 추천이유
자연스럽게 역사의 관심을 가질 수 있다.

문학동네

알아두면 육아에 도움이 되는
아동의 발달단계

1. 프로이트의 심리성적 발달단계

＊성적 본능의 에너지인 리비도(Libido)가 집중하는 부위에 따라 발달단계를 나누었다.

＊각 단계에서 욕구가 지나치게 충족되거나 충족되지 못하면 다음 단계로 발달하지 못하고 고착되는 현상이 나타나며 건강한 성격 형성에 부정적인 영향을 미친다.

＊각 발달단계에서의 부모의 역할을 중요시하였다.

단계	구분	특징
1단계 (0~1세)	구강기	– 리비도가 구강 부위에 집중됨 – 무엇이든 입으로 가져가는 시기 – 욕구가 충족되지 않고 고착되면 과식이나 과음, 과도한 흡연, 지나친 수다 등의 구강기 성격이 나타남.

2단계 (1~3세)	항문기	– 리비도가 항문 주위고 옮겨 감 – 배변을 보유하고 방출하는 것을 통해 쾌락을 느끼는 시기. 대소변 훈련의 시기 – 배변훈련을 통해 최초의 사회적 제지를 경험함 – 고착이 되면 청결이나 질서에 강박적 욕구를 보이거나 인색한 구두쇠, 지저분함, 낭비벽 등의 성격을 보임
3단계 (3~6세)	남근기	– 리비도가 성기로 옮겨 감 – 성적 애착이 이성의 부모에게 향해짐 – 동성의 부모에게 경쟁의식을 느끼며 동일 시 하게 됨 (남아 : 오이디푸스 콤플렉스, 여아 : 엘렉트라 콤플렉스) – 양육자의 성 역할을 모방하고 내면화함 – 부모의 도덕성이나 윤리 등의 가치체계를 자신의 것으로 수용하며 초자아가 발달되는 시기
4단계 (6~12세)	잠복기	– 리비도의 신체적 부위가 특별히 한정되지 않음 – 지적 호기심이 왕성해지는 시기 – 사회적, 도덕적 가치 습득 – 동성 친구와 강한 유대감을 형성하는 시기
5단계 (12세 이후)	생식기	– 신체적 성 기능이 성숙되고 호르몬이 분비되면서 잠재되었던 성적 에너지가 다시 표면으로 드러나는 시기

2. 에릭슨의 심리 사회적 발달단계

＊영아기에서 죽음까지 전 생애에 걸친 발달 이론을 제시하였다.

＊인간의 성격은 개인과 사회적 환경과의 상호작용을 통해 발달된다고 보았다.

＊각 단계에서 두 양극이 적절한 비율로 균형을 이루어야 하되, 결과가 긍정적인 쪽이 더 우세해야 한다고 보았다.

단계	구분	특징
1단계 (0~1세)	신뢰감 vs 불신감	− 먹고, 자고, 쉬는 것 등 신체적, 심리적 욕구가 주 양육자에 의해 만족스러우면 신뢰감을 형성하고 그렇지 못할 경우 불신감이 형성됨
2단계 (1~3세)	자율성 vs 수치심, 회의	− 걷고, 말하기 시작하면서 스스로 하려고 하는 자기통제의 모습을 자주 보이는 시기이다. − 스스로 할 기회가 주어지고 자신의 한계는 시험하는 과정에서 자율성을 형성하지만, 주변의 제지가 많거나 과잉보호로 자신의 통제 능력이 미약하다고 느끼면 수치심과 회의를 갖게 된다.
3단계 (3~6세)	주도성 vs 죄책감	− 아이가 어떤 일을 스스로 계획하고 주도적으로 하고자 하는 시기 − 스스로 해내는 과정에서 주도성을 형성하거나 반대로 죄책감을 갖게 됨

4단계 (6~12세)	근면성 vs 열등감	– 초등학교에 다니는 시기 – 생활에 필요한 기능과 학습을 통해 근면성을 형성하거나 그렇지 못한 경우 열등감이 형성됨
5단계 (청소년기)	자아정체감 vs 정체감 혼돈	– 자신이 누구인지, 어떤 위치를 가지고 있는지에 대한 자아정체감을 형성하거나 정체감 혼돈을 겪는 시기
6단계 (성인초기)	친밀감 vs 고립감	– 타인과의 관계에서 아낌없이 줄 수 있는 친밀감을 느끼기도 하지만, 고립감을 느끼기도 하는 시기
7단계 (중년기)	생산성 vs 침체기	– 자녀를 양육하는 과정과 직업을 통해 생산성을 느끼기도 하지만, 침체기를 겪기도 하는 시기
8단계 (노년기)	자아 통합 vs 절망감	– 그동안의 인생을 돌아보며 자신의 일생이 가치 있었다고 생각하며 통합감을 느끼거나 후회스러움에 절망감을 느낀다.

3. 피아제의 인지발달 단계

＊아이들은 환경과의 상호작용을 통해 인지발달이 이루어진다고 보았다.

＊동화 → 조절 → 평형의 과정을 거치면서 지식을 구성해간다.

단계	구분	특징
1단계 (0~2세)	**감각운동기**	– 신체의 감각과 운동을 조합함으로써 사물에 대한 지식을 얻음 – 감각을 이용한 탐색 활동이 주를 이룸
2단계 (2~7세)	**전조작기**	– 자기중심적 사고를 하는 시기 손으로 눈을 가리면 다른 사람도 내가 안 보인다고 생각함 – 물활론적 사고를 하여 사물도 사람처럼 감정이 있다고 느낀다. – 직관적 사고, 비가역적 사고가 특징 – 사물에 대한 상징을 사용하는 시기로 역할놀이가 가능해진다. – 언어가 폭발적으로 발달하는 시기
3단계 (7~12세)	**주도성 vs 죄책감**	– 자기중심적 사고에서 벗어나는 시기 – 논리적인 사고와 인지적 조작을 획득하는 시기 – 가역성, 보존 개념을 획득 – 유목화, 분류화, 서열화가 가능
4단계 (12세 이후)	**형식적 조작기**	– 가설과 논리적 추론이 가능해지는 시기로 과 – 학적 사고를 하는 시기 – 추상적 개념의 이해가 가능해짐 – 새로운 환경에서 과거의 경험에 비추어 문제를 해결하는 귀납적 추리와 더불어 주어진 조건들의 조합을 통해 새로운 가설을 만들어 내는 연역적 사고가 가능해짐

＊참고문헌

- 최순자, 《아이가 보내는 신호들》, 씽크스마트, 2015.

- 송현종 외5인 공저, 《영유아 발달》, 학지사, 2017.

- 그 외 아동 관련 도서

부록 : ⑦ 행복 일기

날 짜	행복 일기
월 일 월요일	
월 일 화요일	
월 일 수요일	
월 일 목요일	
월 일 금요일	
월 일 토요일	
월 일 일요일	

추천도서

권영애, 《그 아이만의 단 한 사람》, 아름다운사람들, 2016.

권영애, 《자존감, 효능감을 만드는 버츄프로젝트 수업》, 아름다운사람들, 2018.

김광호 · 조미진, 《오래된 미래, 전통육아의 비밀》, 라이온북스, 2012.

김선미, 《지랄발랄 하은맘의 불량육아》, 무한, 2012.

김주환, 《회복탄력성》, 위즈덤하우스, 2019.

박재연, 《엄마의 말하기 연습》, 한빛라이프, 2018.

박혜윤, 《부모는 관객이다》, 책소유, 2020.

법륜, 《엄마 수업》, 휴, 2011.

서천석, 《하루 10분, 내 아이를 생각하다》, BBbooks(서울문화사), 2011.

서형숙, 《엄마 학교》, 큰솔, 2006.

신애숙 · 유성화, 《우리 아이 행복한 책 읽기》, 팜파스, 2007.

염은희, 《웃는 부모, 행복한 아이》, 다림, 2017.

오은영, 《어떻게 말해줘야 할까》, 김영사, 2020.

이보연, 《사랑이 서툰 엄마 사랑이 고픈 아이》, 21세기북스, 2016.

이영애, 《잠자기 전 15분, 아이와 함께하는 시간》, 위즈덤하우스, 2017.

임경묵, 《꿈을 디자인하라》, 꿈결, 2015.

최순자, 《아이가 보내는 신호들》, 씽크스마트, 2015.

최희수, 《푸름아빠 거울육아》, 한국경제신문사, 2020.

고코로야 진노스케, 송소정 역, 《기다려주는 육아》, 유노라이프, 2019.

버지니아M.엑슬린, 한국영재교육개발원 역, 《딥스-자아를 되찾은 아이》, 시간과공간사, 1996.

하워드 가드너, 문용린 역, 《다중지능》, 웅진지식하우스, 2007.

하지현, 《포스트 코로나, 아이들 마음부터 챙깁니다》, 창비, 2021.

틈새 육아 법칙

초판인쇄	2021년 09월 03일
초판발행	2021년 09월 09일

지은이	윤정란
발행인	조현수
펴낸곳	도서출판 프로방스
마케팅	최관호
IT 마케팅	조용재
교정교열	김현숙
디자인 디렉터	오종국 Design CREO

ADD	경기도 고양시 일산동구 백석2동 1301-2
	넥스빌오피스텔 704호
전화	031-925-5366~7
팩스	031-925-5368
이메일	provence70@naver.com
등록번호	제2016-000126호
등록	2016년 06월 23일

정가 15,800원
ISBN 979-11-6480-156-5 03810

하루 10분이면
기적의 놀이 육아면 충분하다